이 책이 허무하고, 쓸쓸하고, 외롭고, 불안하고,
두렵고, 우울한 누군가에게, 그리고 무엇보다도
삶을 포기하려고 하는 누군가에게 살아야 할
명확한 이유를 줄 수 있길 간절히 바란다.

— 박진영

KB014183

무엇을
－위해
살죠?

박진영 에세이

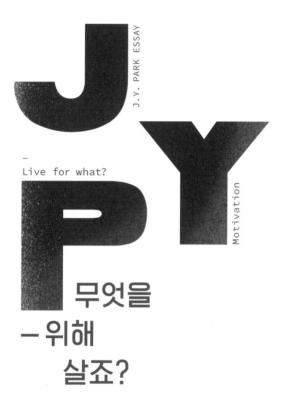

J.Y. PARK ESSAY

–
Live for what?

Motivation

무엇을
– 위해
살죠?

은행나무

일러두기

이 책의 성경 구절들은 한국 분들에게 비교적 친숙한 개역개정 번역본을
사용하였습니다. 영어본은 고어를 제외하고는 킹제임스 성경을 사용하였습니다.

혹시 이런 생각이 든 적 있나요?

나는 지금 뭘 위해 살고 있지?

그냥 이렇게 살다 죽는 걸까?

죽으면 어디로 가지?

보통 잠깐 고민하다 말지만 가끔 이 질문들이 우릴
놓아주지 않을 때가 있다. 그래서 주위 사람들에게
얘기하면,

중2병이니?

갱년기니?

뭘 그렇게 심각하게 생각해?

다 그냥 그렇게 사는 거야.

얼른 자식 낳아. 자식 보면서 사는 거지.

어려운 사람들 도우면서 살아,

라며 이 질문들을 외면하게 만든다. 하지만 한 번만
생각해보자. 이 질문들을 외면하는 게 맞는 걸까? 이
질문들의 답을 찾지 않고 살다가, 삶에 지쳐 목숨을 끊는
사람들도 있다.

힘든가요?

외로운가요?

쓸쓸한가요?

허무한가요?

공허한가요?

불안한가요?

두려운가요?

아니면 혹시 과거의 어떤 일이 당신을 놓아주지 않고
있나요?

위의 질문 중에 하나라도 '네'라고 대답하시는 분들을

위해 난 이 책을 쓰게 되었다. 나 역시 그랬으니까. 보통 사춘기 때 위와 같은 증상들이 처음 나타나면서 자신의 존재에 대한 근본적인 고민들을 해보게 되는데, 나는 신기하게도 40살이 되어서야 하게 되었다. 대신 적당히 넘어가지 않고, 확실한 답을 찾으려고 끝까지 노력했다. 그렇게 오랜 고민 끝에 내가 다다른 결론은, 위의 모든 증상들이 나타나는 이유는 우리가 모두,

    왜 태어난지도 모른 채 태어나,

    왜 사는지도 모른 채 살다가,

    죽어서 어디로 가는지 모른 채 죽기 때문이라는

것이다.

    따라서 이 문제들에 대한 확실하고 명쾌한 답을 찾기 전에는 마음의 병이 고쳐질 수 없다는 것을 알았다. 그렇기에 가장 중요한 건 진실을 '**아는 것**'이다. 무언가를 '하는 것'이 아니라 '아는 것'이다. 하지만 대부분의 사람들은 답을 '**알려고**' 하지 않고, 무언가를 '**하려고**' 한다. 친구를 만나거나, 술을 마시거나, 재미있는 일을 하거나, 불우이웃을 돕거나, 종교 행위를 하면서 공허한 마음을 달랜다. 마음의 병은 그대로 있는데 진통제를

왜 태어난지도 모른 채 태어나,

왜 사는지도 모른 채 살다가,

죽어서 어디로 가는지 모른 채 죽기 때문이다.

먹으면서 증세를 누그러뜨리는 것이다. 그러면 물론 잠시 괜찮아지긴 하지만 근본적인 병은 고쳐지지 않는다. 왜냐하면 여전히 '모르기' 때문이다.

많은 사람들이 적당히 위로받으면서, 혹은 '나중에 답을 찾아봐야지' 하고 미루면서 하루하루 죽음을 향해 걸어간다. 죽음이라는 낭떠러지를 향해 걸어가고 있으면서 그 마음이 정상인 것이 오히려 비정상 아닐까? 생일이 돌아올 때마다 우리는 죽음에 1년 가까워지는 것인데, 이게 과연 축하할 일인가? 생일 축하 노래는 사실 "죽을 날 1년 더 가까워졌습니다. 죽을 날 1년 더 가까워졌습니다"라고 불러야 하는 것인데 우리는 그 사실을 외면하고 서로 축하하고 축하받는다. 나는 몇 년간의 끈질긴 노력 끝에 성경이라는 책에서 내가 찾던 해답을 만날 수 있었는데, 그 책에선 이 비정상적인 마음을 '미친 마음'이라고 표현해놓았다.

> (……) 곧 인생의 마음에는 악이 가득하여
> 그들의 평생에 미친 마음을 품고 있다가
> 후에는 죽은 자들에게로 돌아가는 것이라.
> —전도서 9장 3절

우린 이 미친 마음에서 벗어나 답을 찾아봐야 한다.
왜 태어났는지, 왜 사는지, 죽으면 어디로 가는지.

진리를 알지니 진리가 너희를 자유롭게 하리라.

— 요한복음 8장 32절

나는 성경 안에서 답을 찾은 후 더 이상 '왜
사느냐'라는 질문에 머뭇거리지 않고 대답할 수 있게
되었다. 그 답은 내 인생의 닻이 되었고, 내 열정의 근원이
되었다. 그래서 이 책의 제목도 '무엇을 위해 살죠?'로
정했다. '완전한 결혼'을 통해 '완전하고 영원한 행복'을
이루겠다는 허황된 꿈을 향해 달려가던 한 인간이 결국
무너지고, 다시 삶의 진정한 답을 찾기까지의 과정을
솔직하게 이 책에 담았다.

이 책이 허무하고, 쓸쓸하고, 외롭고, 불안하고,
두렵고, 우울한 누군가에게, 그리고 무엇보다도 삶을
포기하려고 하는 누군가에게 살아야 할 명확한 이유를 줄
수 있길 간절히 바란다.

    내겐 사진첩이 없다. 신기할 정도로 지나간 과거에
관심이 없었다. 이 책 안에 들어 있는 사진들은 모두
부모님이 가지고 있던 것들이었다. 난 사진첩을 열어보며
'그땐 그랬지' 하면서 지난 시간들을 돌아본 적이 없다. 왜
그랬을까?

    내가 기억하는 한, 난 어려서부터 그때그때 좋는
목표가 있었고, 그 목표를 이루기 위해 고민하느라
과거를 돌아볼 여유가 없었던 것 같다. 가수를 하면서
탄 상들이나 트로피들도 반 이상 잃어버렸다. 이미 탄
상보다는 앞으로 탈 상들에 관심이 가 있었기 때문이다.
그래서 나는 이 책을 쓰기 위해 여러 사람들에게 내
과거에 대해 물어봐야만 했다. 과거의 일들을 사실대로

복원하려고 노력했지만 사진도, 자료도, 기억도 부족해
힘들었다. 최선을 다했지만 그래도 사건의 전후 관계나
디테일이 정확하지 않을 수 있음을 양해해주시길 바란다.

초등학교

1

1. 초등학교
—인생의 목표가
정해지다

앙

인생의 목표가 정해지다

초등학교 때 평생을 지배할 인생의 목표가 정해지는 사람이 몇이나 있을까? 하지만 난 40살이 될 때까지 한 번도 흔들려본 적 없는 목표를 초등학교 때 갖게 되었다. 가수? 아니다.

1971년 12월 13일, 나는 서울 전농동에서 1남 1녀의 막내로 태어났다. 아버지는 대기업 샐러리맨, 어머니는 초등학교 선생님이셨다. 아버지는 내 출생신고를 한 달 미루어 1월 13일에 하셨는데 12월생은 여러가지 손해를 본다는 이유 때문이었다. 어렸을 적 나는 아무 말 없이, 반쯤 풀린 눈으로, 하루 종일 한 곳만 응시하며 침을 질질 흘리는 특이한 아이였다. 부모님은 내게 지적장애가 있다고 판단하시고 특수학교에 보낼 생각을 하고 계셨다.

그러다 만 4살이 되기 좀 전에, 입을 열지 않던 내가 갑자기 소리 내어 글을 읽었다고 한다. 초등학교 입학을 앞둔 누나에게 어머니는 매일 한글을 가르치셨는데, 내가 옆에서 구경하다가 한글을 깨우친 것이다. 요즘 시대에는 그 나이에 외국어까지 공부한다지만, 그때만 해도 신기한 일이었는지 어른들이 모두 놀라셨다고 한다. 그 후 나는 책에 빠져 살았다. 심지어 이삿날에도 먼지가 풀풀 날리는

1971년 12월 13일, 나는 아무 말 없이, 방씀 흘린 눈으로, 하루 종일 한 곳만 응시하며 침을 질질 흘리는 특이한 아이였다.

이삿짐 사이에 앉아 책을 읽고 있을 정도였다고 한다.
무엇이 그리 알고 싶었을까? 아무튼 지금의 정신없고
시끄러운 내 모습과는 많이 달랐다.

어른이 된 후에 알게 된 것이지만, 내 뇌는 기형이었다.
정확한 진단명은 '선천성 좌측 내경동맥 형성 부전'. 좌뇌에
피를 공급해주는 경동맥이 태어날 때부터 없었다. 대신
좌뇌에 필요한 피를 우측 경동맥을 통해, 우뇌를 거쳐서
공급받고 있는 것이다. 이게 내 정신에 어떤 영향을
끼치는지는 모르겠지만 뭔가 영향은 있지 않을까 싶다.

우리 부모님은 평생 열심히 일해서 경기도 일산에
아파트 한 채를 겨우 장만한 중산층이셨다. 이유는
뒤에 설명하겠지만, 나는 대학교 때까지도 우리 집이
정말 부자인 줄 알았다. 두 분 다 어렸을 적 가정 환경
때문에 마음에 상처들을 안고 크신 분들인데, 그럼에도
불구하고 두 분은 언제나 밝으셨고, 나와 누나 앞에서
우울한 모습이나 그늘진 모습을 보여준 적은 없다. 많은
상처들로 얼룩진 자신들의 성장기 때문이었는지, 밝고
건강하게 크는 나와 누나의 모습을 행복하게 바라보셨던
것 같다. 부모님과 우리는 언제나 친구 같았으며 장난과
웃음이 끊이지 않았다. 나는 부모님께 못하는 말이 없었고
사춘기라는 것도 특별히 경험해본 적이 없었다. 심지어 난

내 방문을 한 번도 잠근 기억이 없다.

　　부모님 두 분 중에서 어머니가 좀 특이한 분이셨는데, 평생 문제 한 번 안 일으키고 얌전히 사신 분임에도 불구하고 마음속에는 언제나 자유분방한 삶을 동경하는 끼가 숨겨져 있었다. 아버지가 안 계실 때 나에게 몰래 얘기해준 어머니의 이상형은 모두 하나같이 자유분방하고 다듬어지지 않은 남자들이었다. 당시 TV 미니시리즈 〈야망의 계절〉 속 닉 놀테를 진심으로 좋아하셨는데 아버지 앞에서는 절대 티를 내지 않았으며 그건 우리 둘만의 비밀이었다. 어머니의 그런 성향 때문인지, 어머니는

어머니는 내가 사고를 칠 때마다 흥을 내시면서도 한편으로는 그런 나를 좋아하셨던 것 같다.

내가 사고를 칠 때마다 혼을 내시면서도 한편으로는 그런 나를 좋아하셨던 것 같다. 유치원 때 내가 계속 말썽을 부리며 수업을 방해하자 과감히 유치원을 그만두게 해서 나는 유치원을 졸업하지 못했다.

대신 난 내 인생을 바꾸게 될 피아노를 배우기 시작했는데, 어머니의 말에 의하면 피아노 선생님이 참 예쁜 여자 선생님이었다고 한다. 난 기억이 전혀 없지만 내가 그 선생님을 좋아해서 피아노를 열심히 쳤고, 심지어 학원 가는 길에 꽃을 꺾어 선생님에게 갖다주었다고 한다. 그때 피아노에 빠진 나는 초등학교 5학년이 될 때쯤

1. 초등학교
─인생의 목표가
정해지다

유치원 때 내가
계속 말썽을 부리며
수업을 방해하자
과감히 유치원을
그만두게 해서 나는
유치원을 졸업하지
못했다.

체르니 50번까지 치게 되었는데, 이것이 후에 내가 음악을
하는 데 결정적인 도움이 되었다. 이때 피아노를 배우지
않았더라면 지금의 박진영은 없었을 것이다.

중학교 때, IQ검사를 했는데 결과가 높게 나오자
선생님이 어머니를 불러 특목고에 보내자고 하셨지만
어머니는 거절하셨다. 어머니는 내가 특목고의 엄격한
생활을 못 견딜 거라고 생각하셨지만, 그것보다 더 큰

이유는 내가 공부만 하는 사람이 되는 게 싫으셨다고
한다. 물론 나도 가기 싫었다.

　아버지는 어머니의 이상형인 거친 남자와는 거리가
먼 분이셨다. 매일 아침 일찍 출근해 퇴근하면 곧바로
집으로 오셨고, 술, 담배, 도박, 여자, 그 어떤 문제도 없이
오로지 어머니, 누나, 내가 전부였던 착실한 가장이셨다.
어머니처럼 자유분방함을 사랑하지는 않았지만 그래도
권위라고는 찾아볼 수 없는 분이셨다. 모든 가정에서
지켜지는 원칙인 '아버지 숟가락 드시기 전에 숟가락 들기

1. 초등학교
—인생의 목표가
정해지다

난 동네에서
골목대장이었는데
아버지는 내
요청이 있을
때마다 '활동비'를
지원해주시는
재미있는 분이셨다.

022

없기'마저도 우리 집엔 없었다. 그리고 매주 용돈을 받는 날엔 아버지와 내기 바둑이나 고스톱을 했는데, 아버지가 따면 내게 돌려주셨고, 내가 따면 용돈은 늘어나는 것이었다. 그래서 난 쉰이 다 된 지금까지도 아버지를 '아빠', 어머니를 '엄마'라 부른다. 이런 가정환경 때문에 난 유난히 권위의식에 대해 알레르기를 갖게 되었다.

난 동네에서 골목대장이었는데 아버지는 내 요청이 있을 때마다 '활동비'를 지원해주는 재미있는 분이셨다. 친구들과 싸움도 많이 했는데, 그때마다 아버지는 왜 싸웠는지 물어보셨고 싸운 이유가 나름 타당하면 크게 혼내지 않으셨다. 부모님이 두 분 다 나에게 질질 끌려 다니실 정도로 마음이 약하셔서 나는 학창 시절 원하는 것들을 거의 다 얻어낼 수 있었다. 뒤에서 보면 알겠지만 일반적인 부모님들이 절대

허락해주시지 않을 만한 일들도 결국은 내 설득에 못 이겨
허락해주셨다.

　　초등학교 1학년을 마치고 아버지의 해외지사
발령으로 인해 우리 가족은 미국에 가서 2년 반 정도
살게 되었다. 그런데 이상하게도 나는 그 전의 기억이
거의 없다 ＿＿＿＿＿＿＿＿＿＿. 여기까지의 이야기도
　　　　(남들은 3살 때 기억도 난다는데…)
대부분 어머니가 말씀해주셔서 쓸 수 있었다. 나에게
선명한 기억의 시작은 황당하게도 한 TV 방송이었다.
미국에 간 지 얼마 안 됐을 때＿＿＿, 한 멋진 가수가
　　　　　　　　　　　(1979년)
반짝이는 옷과 양말을 흔들며 춤을 추는 것을 본 것이다.
Michael Jackson의 〈Rock With You〉 뮤직비디오였는데,
나는 거기에 매료되어버렸다.

　　그 음악이, 그 춤이 좋았다. 몸동작, 표정,
제스처까지…… 어머니 말에 의하면 난 어려서부터
유별나게 흥이 많았다고 한다. 저녁식사를 준비하느라
쌀을 씻고 있으면 내가 그 옆에 와 쌀 씻는 소리에 맞춰
춤을 췄고, 어머니는 그게 귀여워 쌀 씻는 것을 멈추질
못하고 계속 씻었다고 한다. 또 놀이동산이든 어디든
무대만 보이면 올라가 춤을 추었다고 한다. 이런 나를
잘 아는 어머니는 내가 레코드판을 사달라고 조르자
바로 돈을 주셨고, 난 레코드가게로 달려가 내 인생 첫

레코드판을 샀다. 집으로 돌아와 그 곡을 끝없이
되풀이해 들으면서 땀 범벅이 되도록 춤을 췄는데,
뭔지 모르겠지만 내 안에서 엄청난 희열이 올라오는 걸
느꼈다. 그 한순간이 내 인생을 결정지어버렸다.

그때부터 난 Soul, Funk, Disco, Blues 등 모든
Urban music을 열렬히 사랑하게 되었고, 다행히 한국에
와서도 그 사랑을 이어갈 수 있었다. 당시 한국엔
주한미군을 위한 TV 채널 1개, 라디오 채널 1개가
있었는데, 난 밤낮 그걸 붙들고 꾸준히 그 음악의
흐름을 따라갈 수 있었다. 그게 15년 후에 박진영이란
가수, JYP라는 회사의 밑거름이 되었다.

또 하나 인상적으로 남아 있는 내 미국에서의
기억은 월반이었다. 미국에 건너간 지 얼마 안 되어
나는 영어를 빨리 배웠고, 성적도 굉장히 좋았다.
그 결과 2학년을 마치고 바로 4학년으로 올라가게
되었는데, 이런 학생이 뉴욕 전체에서 3명뿐이어서
부모님이 정말 자랑스러워하셨다. 난 부모님이
기뻐하시는 모습을 보면서 정말 행복했다. 내가
부모님을 자랑스럽게 해드렸다는 사실이 기뻤고,
앞으로도 부모님을 위해 계속 열심히 공부해야겠다는
목표가 생겼다.

Michael Jackson

그러나 얼마 후 훨씬 더 강력한 삶의 목표가 생겼다. 그리고 이 목표는 40살까지 나를 지배해버린다. 이 순간 이후로 내가 한 모든 일은 이 목표를 위한 것이었다. 그 목표는 바로 사랑이었다. 그런데 사랑에 대한 나의 환상이 남들과 달리 유난히 컸다는 걸 이 책을 쓰면서 알게 되었다. 몇 번을 쓰고 또 고쳐 써도 이 강도가 전달이 안 되어 더 자세히 설명해야 했다. 남들에게 사랑이 막연한 환상이라면, 나에게는 꼭 이뤄야 하고 또 이룰 수 있다고 믿은 환상이었으며, 남들에게 사랑이 이뤄야 할 여러 목표

1. 초등학교
—인생의 목표가
정해지다

열심히
공부해야겠다는
목표가 생겼다.

O26

중의 하나라면, 나에게는 단 하나의 유일한 목표였다. 공부도, 가수도, 음악도, 사업도 나에겐 언제나 이 목표를 위한 수단일 뿐이었다. 그 시작은 이러했다.

같은 반 여학생 중에 Penny라는 여학생이 있었는데, 나도 모르게 자꾸 시선이 가고, 그녀의 눈, 코, 입, 웃음, 말하는 모습, 장난기, 모든 게 너무 예뻐 보였다. 집에 와서도 자꾸 그녀가 생각났다. 처음 느껴보는 감정이라 이 감정의 정체가 무엇인지도 몰랐다. 그런데 하루하루 그 감정이 계속 커지면서 내 마음속에 있는 모든 것들을 밀어냈다. 부모님을 기쁘게 해드렸을 때의 행복, 마이클 잭슨의 음악에 맞춰 춤췄을 때의 행복과는 차원이 다른 것이어서 내 마음속에 그녀 말고는 아무것도 들어올 자리가 없었다. 그러면서 하루하루 그녀를 바라보는 게 힘든 지경에까지 이르렀다. 용기가 없어 계속 고백하지 못하고 참다가 결국 나는 그녀에게 내 여자친구가 되어주겠느냐는 쪽지를 전달하게 되었다.

쪽지를 주고 나서부터 후회와 불안감이 밀려와 다음날 학교에 갈 때까지 난 내 인생에서 가장 긴 밤을 보냈다. 다음날 교실에 들어서는 순간, 날 보며 곤란해하는 그녀의 얼굴을 보고 결과를 직감할 수 있었다. 그녀는 내 감정이 상하지 않게 좋게 말하려 노력했지만 밀려오는 절망감은 내가 감당하기 힘든 수준이었다. Penny가 날 좋아하기만 하면 더 이상 아무것도 원하는 게 없을 정도로 행복할 것 같았는데…… 그걸 가질 수 없다는 좌절감을 어떻게 이겨내야 할지 몰랐다.

하지만 이걸 계기로 난 이성을 좋아하는 감정이 얼마나 파워풀한 것인지 깨닫게 되었다. 그래서 이런 감정이 사랑으로까지 이뤄지는 것이 내 인생의 확고한 목표가 되었고, 그걸 위해서 나는 반드시 정말 특별하고 멋진 남자가 되어야 했다. 그래야만 다시 Penny같이 특별하고 멋진 여자를 만났을 때 거절당하지 않을 거라고 생각했기 때문이다. 초등학교 때 누구나 한 번쯤 느껴볼 만한 감정이지만, 난 불행히도 이 확신이 40살 때까지 한 번도 변하지도, 흔들리지도 않았다. 왜 불행인지는 책을 읽어가면서 알게 될 것이다.

초등학교 4학년 말 한국에 돌아왔는데, 5학년이 되어서 나는 다시 한 여자아이를 좋아하게 되었다. 겨우 누그러졌던 그 감정이 다시 올라왔다. Penny를 좋아할 때의 그 감정이었는데 나이가 한 살 더 들어서인지 그때보다 강도는 더 강했다. 이번에도 그녀가 날 좋아하기만 하면 더 이상 세상에 원하는 게 없을 정도로 행복할 것 같았지만 Penny와의 경험 때문에 고백을 할 수 없었다. 그때처럼 힘든 마음으로 바라볼 수밖에 없었다.
그런데 5학년이 끝나가면서 그녀와 반이 나뉜다는 생각을
하니 미칠 것만 같았다. 어떻게든 6학년 때도 그녀와 같은
반이 되어야겠다는 생각을 했고, 그러기 위해 나는 말도
안 되는 계획을 세웠다.

당시 학년이 올라갈 때 성적순으로 반 배정을 했는데,
남녀 각 1등이 같은 반, 2등이 같은 반, 이런 식이었다.
난 당시 남자 중에 1등이 될 것 같았는데, 여자아이 중에
공부를 너무 잘하는 아이가 있어 왠지 그 친구는 여자
중에 2등을 할 것 같았다. 그래서 나는 꼭 2등이 되어야만
했다. 1등이 되는 것보다 그녀 곁에 있는 것이 훨씬 더
중요했기 때문이다. 나는 마지막 시험에서 일부러 성적을
떨어뜨리면서 제발 2등이 되기를 기도했다. 그런데 기적과
같은 일이 일어났다. 그녀와 나 모두 각각 남녀 중에
2등으로 같은 반이 된 것이다. 반 배정이 발표될 때 나는
겉으로 아무 티도 내지 않았지만 속으로는 날아갈 것
같았다.

그러나 또 1년은 쏜살같이 지나갔고 어느새 졸업식이
다가왔다. 나는 이제 그녀를 볼 수 없다는 생각에
졸업식에서 그녀에게 고백하려고 마음을 먹었지만,
친구들과 가족들 사이에서 고백할 타이밍을 잡지 못하고

이 순간 이후로 내가 한 모든 일은 이 목표를 위한

것이었다. 그 목표는 바로 사랑이었다. 그런데 사랑에

대한 나의 환상이 남들과 달리 유난히 컸다는 걸

이 책을 쓰면서 알게 되었다. 몇 번을 쓰고 또

고쳐 써도 이 강도가 전달이 안 되어 더 자세히

설명해야 했다. 남들에게 사랑이 막연한 환상이라면,

나에게는 꼭 이뤄야 하고 또 이룰 수 있다고 믿은

환상이었으며, 남들에게 사랑이 이뤄야 할 여러 목표

중의 하나라면, 나에게는 단 하나의 유일한 목표였다.

그녀가 멀어지는 걸 바라봐야만 했다. 그렇게 내 인생에서
그녀를 떠나보내야 했다. 살아갈 이유도 희망도 사라진 것
같았다. 그리고 그때 다시 한번 결심했다. 세상에서 가장
멋진 남자가 되어서 다시 사랑하는 여자를 만났을 때는
절대로 놓치지 않겠다고. 나는 내가 무엇을 위해 살아야
하는지 정확히 알고 있었다.

I want to
live for LOVE!

중·고등학교

특별함과 멀어진 나

중학교 2학년을 기점으로 내 인생은 많이 달라졌다. 학교에서 문제아라고 일컬어지는 아이들과 함께 어울려 다니면서 성적은 떨어지기 시작했고 부모님의 걱정은 늘어가기 시작했다. 독서실에 간다는 핑계를 대고, 학교가 있던 화양동과 천호동 뒷골목들을 전전하며 중학생이 하면 안 되는 짓들을 하고 다녔지만 어머니는 모든 걸 알고 계셨다. 눈물을 흘리며 나를 타이르시면서도 아버지에게는 계속 숨겨주셨다. 친구 같은 아버지였지만 선을 넘는 일이 있을 때는 너무나 무섭게 혼을 내셨기 때문이다. 그때 내가 하고 다닌 짓들은 거의 다 선을 넘는 일들이라 결국에는 아버지에게 몇 번 걸려 두들겨 맞은 적도 있었다. 하지만 신기한 건 어머니는 한 번도 내 친구들과 놀지 말라고 말씀하신 적이 없다. 내 친구 중에는 여러 중학교에서 퇴학을 당해 나보다 나이가 2살이 많은 아이도 있었지만 오히려 집에 데려올 때마다 맛있는 음식과 간식을 해주셨다. 후에 왜 그랬냐고 여쭤봤더니 **어머니도 내 친구들이 정말 무서웠지만, 나를 끝까지 믿어주고 싶었다**고 하셨다.

이때 아버지는 성적이 계속 떨어지는 내가 걱정되어 반에서 1등을 하면 원하는 걸 뭐든지 사주겠다고 약속을 하셨는데, 나는 그 기회를 놓치지 않았다. 바로 다음 시험에서 죽어라 공부를 해서 1등을 하고 오토바이를 사달라고 했다. 당시에는 중학생이 오토바이를 탄다는 것은 말도 안 되는 일이었고 폭주족이라는 개념도 없을 때였다. 내 집요한 설득에 아버지는 결국 오토바이를 사주게 되었다. 45cc 스쿠터이긴 했지만, 가만히 앉아 손잡이를 당기면 내가 미끄러져 나간다는 사실은 나를 너무 황홀하게 만들어주었다. 경제적으로 넉넉하지도 않은 부모님이 마음이 약해 할 수 없이 오토바이를 사주고는, 매일 사고가 날까봐 가슴을 졸이고 계셨던 것이다. 아버지는 오토바이를 사주면서 조건을 하나 걸었는데, 절대로 우리 동네를 벗어나지 않는다는 것이었다. 나는 아버지와 약속을 한 후, 오토바이를 받자마자 머리에 '웰라폼' 젤을 바르고, Carrera 수은 선글라스를 끼고, 워크맨 (카세트테이프를 넣는) 이어폰을 꽂고, 우리 동네를 훌쩍 벗어나 명성여고로 향했다. 그때부터 나는 고2 때까지 오토바이를 타고 다녔다. 물론 말도 안 되는 교육이고, 심지어 내가 사고로 죽을 수도 있었지만, 우리 부모님은 성적을 볼모로 한 나의 협박을 이겨내지 못하셨다.

그러다 내 인생에서 큰 변화를 맞이하게 되는데 바로 강 건너 잠실로의 이사이다. 중학교 때 나는 친구들과 놀러다니면서 싸움에 휘말리는 경우가 종종 있었는데, 우리 부모님이 더 이상은 방관할 수 없는 일이 일어났다. 고등학교 입학 시험이 끝난 어느 날, 전에 우리 친구들과 싸우다 다친 아이들이 집 아파트 현관 밑에 숨어 있다 나를 덮쳤다. 로비에서 큰 싸움이 일어났고 아파트 주민들도 모두 놀랐다. 어머니는 내가 이 정도 위험에 노출되어 있는지는 모르셨기 때문에 큰 충격을 받으셨다. 그 사건으로 어머니는 중대 결심을 하셨고, 우리 가족은 내 친구들이 없는 강 건너 잠실로 이사를 가게 되었다.

이사를 하면서 중학교 때 친구들과는 자연스럽게 멀어졌고, 나는 이전의 생활과는 다른 삶을 살게 되었다. 잠실, 그곳은 중학교에 비하면 아주 밝은 세상 같았다.

잠실 친구들은 내 중학교 친구들에 비해 너무 순진하고
귀여웠다. 그 이후로 나는 이 밝은 세상에서 쭉 살면서
대학에 입학하게 되었는데, 입학한 지 얼마 안 되어
학과실에 내 앞으로 편지 한 통이 와 있었다. 보낸 사람은
중학교 때 나와 가장 친했던 친구였는데, 주소가 구치소로
되어 있었다. 내가 연세대학교에 입학했다는 소식을
전해 듣고 축하해주기 위해 보낸 편지였다. 내가 무척
자랑스럽다고, 중학교 때부터 내가 잘될 줄 알았다는
내용이었다. 고마웠지만 너무 가슴이 아팠다. 그는
중범죄를 저지르고 구치소에 수감되어 있었기 때문이다.
그 편지를 마지막으로 내 인생의 어두운 세계와의
연결고리는 끊어졌다.

중학교 2학년, 3학년, 친구들과 나누었던 우정은
반짝반짝 빛났지만, 이 2년의 시간은 내겐 어두운 빛깔로
남아 있다. 그럼에도 불구하고 이 2년의 시간이 없었다면
지금의 나는 없었을 것이다. 내가 가수를 하고 회사를
시작하던 시절에는 연예계에 조직폭력배들과 연관된
회사들이 많았기에 무서운 협박을 받는 일들도 많았는데,
난 이 어둠의 시간 덕분에 웬만한 일은 별로 무서워하지
않는 사람이 되어 있었다.

사실 중학교 시절 2년의 시간 동안 어둠만 있었던 건

아니다. 사랑에 대한 환상은 여전히 계속되었다. 초등학교 4학년 때 Penny에게 거절당하고, 6학년 때 짝사랑에게 고백을 못하면서 이 환상은 내가 훗날 어른이 되어 멋지게 성공한 후에 이뤄질 줄 알았다. 하지만 그 꿈은 중학교 2학년 때 갑자기 현실로 다가왔다. 당시 내 친구들은 중학생 같은 생활을 하고 있지 않았기에, 내 친구 누나의 친구들과 함께 어울려 다녔는데, 그때 내 친구 누나는 내 눈에 세상에서 가장 멋진 여자였다. 초등학교 4학년 때, 6학년 때 좋아했던 동갑내기 여자친구들이 소녀였다면, 이 누나는 여자였다. 우리보다 3살이 많았기에 내 눈엔 한없이 매력적으로 느껴졌던 것 같다. 똑똑했고, 재밌었고, 매력적이었고 섹시했다. 거기에 헤어스타일, 입는 옷들도 어쩜 그렇게 멋지던지, 그녀는 너무 멋있어서 다른 세상 사람처럼 느껴졌다.

그러던 어느 날 믿을 수 없는 일이 일어났다. 함께 어울려 다니는 동안 그 누나가 유난히 날 챙겨줬는데, 난 그걸 동생 친구로 잘해주는 걸로 알고 있었다. 그런데 어느 순간 그녀가 날 진짜로 좋아한다는 느낌을 받게 되어서 너무 놀랐고, 조심스럽게 나도 감정을 표현했더니 그녀도 날 좋아한다는 것이었다. 그래서 나는 너무나 전형적인 청소년 식의 고백을 했다. "나랑 사귈래?"라고 물어보니 그녀가 수줍게 웃으며 "그래"라고 대답했다.
난 믿을 수가 없었다. 그날 처음으로 손을 잡고 걸었고,
걷다 멈춰서 날씨가 춥다며 그녀의 청자켓 단추를 내가
채워줬는데, 그 순간 나는 온 세상을 다 가진 것 같았고
영화의 주인공이 된 것 같았다. Penny보다, 초등학교
6학년 때의 짝사랑보다, 백만 배 멋있는 여자가 내
여자친구라니…… 그녀는 전에 다른 남자와 손을 잡은
적이 있었는지 모르겠지만, 나에겐 첫 경험이라 손을 잡는
것이 정신을 혼미하게 할 정도였다. 그동안 상상만 해오던
감정을 처음으로 느꼈는데 상상보다 더 강렬했다. 청자켓
단추를 아래에서부터 하나씩 채워주는 동안 우리는
내가 꿈꿔오던 환상 속의 커플이었다. 내 인생의 목표는
이루어졌고 이제 나는 이대로 평생 살기만 하면 되는
것이었다.

　　그런데 하늘을 날던 내가 땅으로 떨어지는 일이
일어났다. 을지로3가 지하철역에서 그녀에게 줄 예쁜 반지
하나와 영화 〈플래시댄스〉 티켓 2장을 들고 들뜬 마음으로
기다리던 나는 결국 그녀를 만나지 못했다.
한 시간 넘게 기다리다 비련의 남자 주인공처럼
〈플래시댄스〉를 혼자 봤다. 그게 내 인생의 처음이자
마지막 솔로 극장 관람이었다. 그날 밤 그녀는 연락을 해

청자켓 단추를 아래에서부터 하나씩 채워주는 동안

우리는 내가 꿈꿔오던 환상 속의 커플이었다.

내 인생의 목표는 이루어졌고

이제 나는 이대로 평생 살기만 하면 되는 것이었다.

미안하다며 아무리 생각해도 자기 동생에게 미안해 몰래 나를 만날 수 없다고 했다. 난 충분히 이해했다. 그리고 우리의 사랑은 더욱더 특별한 것 같았다. '이루어질 수 없는 사랑?' 우리가 그 슬픈 영화의 주인공이었던 것이다. 난 눈물과 함께 슬픔을 삼키며 대학에 가서 꼭 그녀를 다시 만나겠다고 결심했다. 왜냐하면 나에겐 그녀 이상의 여자는 없을 거라고 확신했기 때문이다.

그러나 그것은 나의 완전한 착각이었다. 나와 자기 누나 사이를 모르는 내 친구는 자기 누나가 남자친구가 생겼다며 그 남자에 대해 말을 해주기 시작했다. 롤러 스케이트장 DJ라고 말했는데 난 배신감에 부르르 떨며 롤러장으로 달려갔다. 그의 모습을 지켜보던 난 충격을 받았다. 내가 생각한 수준의 남자가 아니었다. 음악을 틀던 그는 디스코 타임이 시작되자 롤러장 중앙으로 나와 춤을 추기 시작했는데, 마이클 잭슨을 봤을 때의 그 충격이었다. 사람들 가운데서 춤을 추던 그는 TV에 나오는 가수들 같았고, 그의 동작 하나하나, 표정, 제스처, 모든 게 너무 멋있었다. 음악이 절정에 다다랐을 때 그는 뛰어오르더니 양다리를 찢으면서 바닥으로 떨어졌는데, 그의 다리가 찢어질 때 내 마음도 찢어졌다.

그녀가 여신이라면 그는 신이었다. 그리고 나는

초라한 중삐리였다. 나는 그녀와 제대로 데이트 한번 해보지 못하고 손 한 번 잡아본 게 전부였지만, 마치 사랑하는 연인이 다른 남자에게 떠나는 것 같은 아픔을 느꼈다. 더 가슴 아팠던 건 그가 너무 대단해서 아무것도 하지 못하고 현실을 받아들일 수밖에 없었다는 것이다. **그리고 다시 한번 결심했다. 반드시 저렇게 멋있는 남자가 되어서 그녀와 손잡았을 때의 기분을 영원히 느끼고 싶다고.** 그러나 최소한 그때만큼은 그 기분은 온전히 그의 것이었다. 그는

그리고 나는 초라한
중삐리였다.

2. 중·고등학교
—특별함과
멀어진 나

그녀의 손을 매일 잡을 수 있지 않은가? 그는 세상에서 더 이상 원하는 게 없을 것 같았다. 이걸 계기로 난 세상에서 가장 특별한 여자를 만나려면 세상에서 가장 특별한 남자가 되어야 한다고 생각했고, 그 남자는 그 기준이 되었다. 그런데 신기하게도 DJ였던 그와 나 사이의 인연은 여기서 끝나지 않았다.

　　고등학교에 와서도 나는 여전히 공부는 열심히 하지 않았다. 노는 방식이 문제아 같은 방식에서 날라리 같은 방식으로 바뀌었을 뿐이었다. 싸움 같은 것은 더 이상 없었으며 춤과 클럽이 그 자리를 대체했다. 수업이 끝나면 오토바이를 타고 강남역에 가 사물함에 책가방을 넣어 놓고 클럽에 가는 것이 나의 일상이었다. 춤을 추는 것도 좋았지만 그보다는 내 환상 속의 그녀를 만나고 싶은 마음이 더 컸다.
　　그렇게 신나게 놀다 고3이 되었을 때 학교에 흥미로운 공고가 하나 붙었다. 학교 역사상 처음으로 직선제 투표를 통해 학생회장을 뽑는다는 내용이었다. 출마 자격은 전교 25등 이내라고 써 있었는데, 마침 그 때 내 성적이 전교 24등이었다. 재밌을 것 같아 나는 출마를 했고, 학교 전체에서 1, 2등을 하는 2명의 후보와

경쟁해야 했다. 나의 선거공약은 학교 축제를 대형 축제로
바꾸겠다는 거였는데, 그동안 해왔던 차분한 시화전
대신 유명가수들을 초청해 공연을 하겠다고 했다. 선거
유세는 쉬는 시간마다 교실을 돌아다니며 내 댄스파트너
해성이와 춤을 추는 것이었다. (내가 가수가 된 후에 해성이는
나의 댄스팀 단장이 되었고, 또 JYP 부사장이 되었다.) Bobby Brown의
〈Every Little Step〉에 맞춰 현란한 춤을 추고 걸어나올
때면 등 뒤에서 환호성이 터져나왔다. 선거 결과, 과반수
이상의 표를 얻은 나는 배명고등학교의 첫 번째 직선제
학생회장이 되었다. 남녀공학이었으면 정말 좋았을 텐데
남자 고등학교라서 좀 아쉽긴 했지만 그래도 내 목표인
특별하고 멋진 남자에 조금 가까워진 것 같아 기분이
좋았다.

    그러나 학생회장에 당선된 후, 공약을 지키는 일은
쉽지 않았다. 가수를 섭외할 돈이 필요했기 때문이다.
나는 언제나 내 말에 귀기울여주시는 아버지에게 정황을
설명하고 겨우 돈을 빌릴 수 있었다. **빌린 돈을 들고
나는 무작정 당시 최고의 가수들이 소속되어 있던 동아기획을
찾아갔다.** 당시 대표님이 대뜸 찾아온 고등학생을 귀엽게
보셨는지, 그때 톱가수였던 김현철, 푸른하늘, 박학기의
출연을 약속해주셨다. 믿어지지 않는 일이었다. 고등학교

축제에 톱가수 1명도 아니고 3명이 온다니…….

　남은 일은 아버지에게 빌린 돈을 갚는 것이었다.
나는 학교 주변의 학원들을 찾아가 섭외된 가수들의
명단을 보여주며 축제포스터에 학원 광고를 실어주겠다고
제안했다. 학원들이 제안을 받아들여 다행히 나는
아버지께 빌린 돈을 갚았고, 축제도 성공시킬 수 있었다.
아무도 관심을 갖지 않던 배명고등학교 축제였는데, 넓은
운동장에 사람들이 가득 차는 기적이 일어났다.

　초대가수 3명이 무대에 오르기 직전, 오프닝은 나의
무대였다. 지금 생각해보면 참 민망한 일인데 그때 난
전혀 망설임이 없었다. 나는 두 곡을 연달아 불렀는데
노래가 끝날 때마다 들리던 박수 소리가 너무 짜릿했다.
그게 내가 가수로서 처음 무대에 서본 경험이었다. 물론
가수라는 꿈은 생각조차 해본 적 없었을 때지만, 그럼에도
불구하고 무대에 섰을 때의 그 강렬한 전율은 잊히지
않았다.

　그런데 학생회장으로 축제를 열면서 한층 올라가
있던 내 자존감이 다시 한번 무너지는 일이 있었다. 역시
무너뜨린 사람은 같은 사람이었다. 당시 나는 함께 클럽에
다니던 내 친구들과 전국 아마추어 댄스 경연대회에
나가 결승전에 진출을 하게 됐는데, 거기서 중학교 때

초대가수 3명이 무대에 오르기 직전,

오프닝은 나의 무대였다. 지금 생각해보면 참 민망한

일인데 그때 난 전혀 망설임이 없었다.

나는 두 곡을 연달아 불렀는데 노래가 끝날 때마다

들리던 박수 소리가 너무 짜릿했다.

그게 내가 가수로서 처음 무대에 서본 경험이었다.

물론 가수라는 꿈은 생각조차 해본 적 없었을 때지만,

날 무너뜨린 그 DJ와 다시 만났다. **두 번째 만남이었다.**
그런데 참가자로 마주한 것이 아니라 그는 심사위원이었다.
롤러스케이트장 DJ를 하다가 입소문을 타고 이태원으로
진출한 그는 이태원 클럽 신에서도 유명한 DJ가 되었다.
우리는 우리 무대를 끝마치고 땀에 흠뻑 젖은 채로
심사위원의 특별 공연을 봐야 했는데, 그는 또다시 우리와
다른 세계의 사람이었다. 하얀색 정장을 입고 나온 그는
우리가 추는 것과 한 차원 다른 춤을 추고 있었고, 외모,
헤어스타일, 심지어 신발까지 모든 게 완벽했다. 그가
완벽한 만큼 나는 너무 초라했다. 그리고 그즈음 친구를
통해 나의 사랑 그녀가 그와 더욱 깊은 사이가 되었다고
들었다.

　　그보다 멋진 남자가 되겠다고 4년 동안 열심히 살아
제법 내 위치를 끌어올렸다고 생각했는데, 그는 나와 더
멀어져 있었다. 멀어져야 할 그와 그녀의 사이는 더 깊어
졌고, 좁혀져야 할 나와 그의 간극은 더 벌어졌다. 내
기준점이 더 올라가버린 것이다. 여신을 만나려면 내가
신이 되어야 한다고 생각했는데 그 신이 더 대단해져
있었다. 난 오히려 안에서 의욕이 더 불타올랐다. 반드시
그보다 더 특별하고 멋진 남자가 되겠다고. 언제나 원하는
걸 결국엔 얻어냈던 내 경험들 때문에 사랑도 내 노력으로

얻어낼 수 있다고 믿었던 것이다. 그러기 위해선 우선 눈앞에 있는, 최고의 대학에 들어가야겠다고 생각했다.

그러고는 대입 학력고사가 다가왔다. 사실 난 어려서부터 공부가 그렇게 싫지는 않았다. 수학과 물리 같이 뭔가를 푸는 걸 유독 좋아했고, 언어영역도 꽤 좋아했다. 이해하고 응용하는 것에 소질이 있었던 것 같은데, 지금 생각해보면 그게 내가 1장에서 언급한 내 뇌의 기형적 구조와 무슨 연관이 있는 것 같기도 하다. 아무튼 언제나 공부에 대한 자신감은 어느 정도 있었기에, 고등학교 시절 내내 암기과목은 나중에 외우면 된다는 생각으로 국영수에만 신경을 썼다. 국영수 모의고사에서 전국 1등을 한 적도 있었다. 내 계획은 학력고사 100일 전부터 암기과목 공부를 시작하는 거였다. 근데 막상 공부를 시작해보니 외워야 할 분량이 너무 많았다. 클럽, 술, 이성교제, 모든 걸 끊고 죽어라 공부했지만, 시간이 턱없이 모자랐다.

결국 나의 교만함 때문에 입시에서 내가 원하던 점수를 받지 못했고, 처음으로 후회라는 것을 하게 되었다. 나보다 공부를 못하던 친구들이 나보다 더 좋은 학교에 진학하고, 인생의 유리한 고지를 선점하는 걸 보면서 난 아차 싶었다. 난 꼭 세상에서 가장 특별한 남자가 되어야

하는데, 그래서 세상에서 가장 특별한 여자를 만나야
하는데, 고등학교를 졸업한 나는 그 목표와 멀어져버렸다.
이제 나의 그녀를 만난다 해도 Penny 때처럼 고백을 했다
거절을 당하거나, 초등학교 6학년 때처럼 고백할 용기도
내지 못하거나, 중학교 2학년때처럼 다른 남자에게 내
여자를 뺏길 것 아닌가? 하지만 돌이킬 수가 없었다. 화가
났다. 내 꿈에 심각한 문제가 발생한 것이다.

I MUST be special!

대학교

가수가 돼야겠어

대입 시험을 치르고 느끼던 후회도 잠시, 나는 다시 미래 걱정은 잊어버리고 천하의 날라리가 되었다. 고3 때 다급해지신 아버지가 서울대, 연대, 고대 중에 한 곳만 가면 원하는 차를 사주시겠다고 약속하는 바람에 난 당시 국산차 중에 하나밖에 없었던 오픈카를 살 수 있었다. 천장이 열리는 하얀색 코란도 Jeep였고 거기에 최고의 음향시설을 추가하여 꿈의 차를 완성했다.

중학교 때 오토바이, 대학교 때 Jeep차를 사주시니, 나도, 내 주변의 친구들도 모두 우리 집이 부자인 줄 알았다. 나중에 우리 집 전 재산이 우리가 사는 경기도 일산의 아파트 한 채라는 사실을 알고 난 너무 놀랐다. 그때서야 알았다. 마음 약한 부모님이 나에게 얼마나

시달리면서 끌려다니신 건지.

그렇게 오픈카를 몰고 여대생들과 클럽에 가서
노는 일이 내 대학생활의 전부였다. 어차피 세상에서
가장 특별한 남자가 되는 건 물건너갔다고 생각했기
때문이다. 물론 세상에서 제일 특별한 여자를 만나는 꿈도
사라졌다. 내 인생의 목표가 사라지니 나 자신을 미친듯이
드라이브했던 원동력도 사라졌다. 적당히 노력하고,
적당히 놀고, 적당한 여자와 결혼해서, 적당히 행복하게

천장이 열리는
하얀색 코란도
Jeep였고 거기에
최고의 음향시설을
추가하여 꿈의 차를
완성했다.

살아야겠다고 생각했다.

그렇게 지내다가 잠깐 내 꿈이 살아날 것 같은 느낌을
받은 일이 일어났다. 대학교 1학년 첫 물리 시험이었다.
입학 이후 물리 수업에 한 번도 들어가지 않았지만 물리를
좋아했기에 시험문제를 한번 풀어보고 싶다는 생각이
들었다. 대학교에 와서 배운 공식으로 풀면 답안지 반
페이지면 풀 것을, 난 고등학교 때 배운 지식으로 풀다
보니 답안지 세 장을 써서 답을 적었다. 며칠 뒤 물리학
교수님이 나를 자신의 연구실로 부르셨다. 혼내시려고
부른 줄 알았는데 그 반대였다. 교수님은 나에게
물리학과로 과를 옮겨 전공해봤으면 좋겠다고 말씀하셨다.
내가 고등학교 때의 공식들을 이용해 정답을 맞힌 것이다.
뜻밖의 엄청난 제안을 받은 나는 어안이 벙벙했지만
한편으로는 내 인생의 목표를 다시 좇을 수 있을 것 같아
순간 솔깃했다. 세계적인 물리학자? 그럼 제법 특별하고
멋지지 않나? 난 진지하게 고민을 해보게 되었다.

하지만 그날 밤 클럽에 가서 여자들과 술 마시고
놀면서 깨달았다. 난 물리학자가 될 수는 없다는 걸……
한 학기에 물리학 시험이 세 번이었는데 내 성적은 100점,
0점, 0점, 결론은 F였다.

1학년이 끝나갈 때쯤, 나는 정말 흥분되는 제안을

받게 되었다. 내가 즐겨 다니던 클럽의 DJ였던 김창환 씨가
혹시 가수를 해볼 생각이 없느냐고 물었다. 클럽에서 내가
춤추는 모습을 보면서 뭔가 특별하다고 생각했던 것 같다.
당시 창환이 형은 제작자로 변모하기 위해 신승훈 씨의
데뷔를 준비하고 있었다. (덕분에 나는 승훈이 형의 데뷔곡이었던 〈미소
속에 비친 그대〉도 미리 들어보는 영광을 누릴 수 있었다.)

　　사실 약간 어리둥절했다. 내게 가수의 재능이 있다곤
꿈에도 생각해본 적이 없었기 때문이다. 어려서부터
부모님이 나와 누나가 춤추는 걸 좋아하셔서 가족들
앞에서 자주 추었고, 또 고등학교 때 나갔던 댄스
경연대회에서 상도 타봤지만, 그게 프로가 될 수 있는
수준이라고는 상상도 못했다. 그래서 진지하게 고민을
하고 있었는데, 창환이 형은 승훈이 형 데뷔 준비를
하느라 바빠졌는지 연락이 없었다. 그리고 얼마 후 승훈이
형은 성공적으로 데뷔해 톱가수가 되었다. 그렇게 내 앞에
있던 제안은 흐지부지 사라졌지만, 나는 창환이 형의
제안에 바람이 들어버리고 말았다.

　　'나 가수를 해볼까? 혹시 내게 재능이 있나?'

　　가수가 되어 무대에 서는 상상을 해볼 때마다
설레었고, 무엇보다도 인기 가수가 된다면 다시 세상에서
가장 특별한 남자가 될 수 있을 것 같았다. 그러면 다시

한 학기에 물리학 시험이 세 번이었는데 내 성적은

100점, 0점, 0점, 결론은 F였다.

세상에서 가장 특별한 여자를 만날 수 있게 되는 것이다.
꺼져 있던 내 안의 불씨가 다시 살아나기 시작했다. 나는
그때부터 본격적으로 여러 기획사의 문을 두드리기
시작했다. 하지만 쉽지 않았다. 2년 동안 가수가 되기
위해 동분서주했지만 허탕이었다. 그즈음 갑자기 김창환
형에게서 다시 연락이 왔다. 그사이 형은 신승훈에 이어
김건모, 노이즈까지 성공시키면서 최고의 기획자가
되어 있었다. 형은 강원래 형, 박미경 누나와 함께 3인조
댄스그룹을 하면 어떻겠느냐고 제안했는데, 나는 너무
기뻐 곧바로 형, 누나와 연습에 들어갔다. 그러던 와중에
나와 원래 형은 김건모 형의 콘서트에 댄서로 투입되었다.
구준엽 형, 김송과 함께 넷이서 무대에 섰는데, 난 비록
댄서였지만 건모 형에게 쏟아지는 함성이 내 것처럼
들렸다. 한 번도 느껴보지 못한 희열을 느끼면서 이게
내가 진정 하고 싶은 일이라는 확신을 갖게 되었다.
　　그러다 나를 지금의 나로 만들어준 사건이 일어났다.
당시 그 회사 가수들의 음악 작업을 많이 하던 작곡가
김형석 씨를 만난 것이다. 사실 형의 첫인상은 내가
생각한 것과 많이 달랐다. 고뇌하는 예술인의 모습을
생각했었는데, 장난꾸러기 같은 형의 모습에 실력이
의심이 갈 정도였다. 하지만 형이 음악을 만들기

시작하면서 악기들을 하나씩 하나씩 연주해 쌓아가는
모습을 보는데 난 완전히 매료되어버렸다. 그동안
음악을 듣기만 했지 음악이 만들어지는 것은 처음
보았기 때문이다. 어떻게든 형 옆에 붙어 있으면서 이걸
배워야겠다고 생각했다.

그때부터 나는 형석이 형을 2년 넘게 따라다녔다.
잔심부름을 자처하고 운전기사 역할도 마다하지 않았다.
6살 때부터 클래식 피아노를 쳤기에 형이 작업하는
것들을 어느 정도 흉내낼 수는 있었지만, 코드 개념을
몰라 한계가 있었다. 그래서 기초 화성학부터 다시
시작해야 했는데, 감사하게도 형석이 형은 정말 따뜻한
선생님이었다. 내가 물어보면 하나에서 열까지 전부
가르쳐줬다. 자기가 아는 전부를 나에게 가르쳐주고 싶어
했고, 이런 애정은 나중에 내가 회사를 차리고 후배들을
양성하는 데 좋은 귀감이 되었다. 대한민국 최고의
뮤지션이었던 형 덕분에 나는 이론과 실전을 동시에 배울
수 있었다.

그렇게 형석이 형의 도움으로 작곡 실력을 쌓아가며
나는 〈날 떠나지마〉를 비롯해 많은 곡들을 만들어나가기
시작했다. 그러던 어느 날이었다. 김창환 형이 나를
사무실로 불러 준비 중이던 3인조 그룹을 백지화하겠다고

말했다. 하늘이 무너지는 것 같았다. 나는 어떻게 이럴 수 있냐고, 그럼 난 어떻게 하냐고 호소해봤지만 돌아온 대답은 "너 좋은 학교 다니잖아"였다. 사무실에서 걸어 나오던 그 순간을 나는 아직도 잊지 못한다. 햇살이 따뜻하게 내리쬐던 오후였는데, 그게 나에겐 사막같이 느껴졌다. 가수를 준비하느라 학점이 엉망이 되어버려 취업조차 할 수 없는 수준이 되었는데, 앞으로 어떻게 살아야 할지 막막했다.

　대입 시험이 끝나고 세상에서 가장 특별한 남자가 될 수 없다는 좌절을 느꼈다면, 이제는 평범한 수준도 보장받을 수 없는 사람이 된 것이었다. 난 이대로 주저앉을 수 없다는 생각에 다시 한번 기획사들의 문을 두드려봤지만 아무도 나를 뽑아주지 않았다. 내 상황을 안타깝게 생각한 구준엽 형이 SM엔터테인먼트의 이수만 회장님과 오디션까지 주선해주었지만 그 또한 실패했다. 마지막 희망까지 실패로 돌아가자 나는 세상 가장 높은 곳은커녕, 가장 낮은 곳에 떨어져 있었다.

　그런데 그때 다행히도 예상치 못한 기회가 나에게 주어졌다. 내 사부인 형석이 형에게서 전화가 왔는데 어느 영화사에서 가수 제작을 하고 싶어 하니 한번 만나보라는 거였다. 나는 이것저것 가릴 때가 아니어서 곧바로

김창환 형이 나를 사무실로 불러

준비 중이던 3인조 그룹을 백지화하겠다고 말했다.

하늘이 무너지는 것 같았다. 나는 어떻게 이럴 수

있냐고, 그럼 난 어떻게 하나고 호소해봤지만

돌아온 대답은 "너 좋은 학교 다니잖아"였다.

달려갔는데, 다행히 그쪽에서 나를 마음에 들어 해서 바로
계약을 하고 본격적인 데뷔 준비를 시작했다.

이렇게 가수의 꿈을 향해 본격적으로 달려갈 때쯤
나에게 너무나 당황스러운 일이 일어났다. 먼 훗날
마주하게 될 내 꿈을 갑자기 만나버린 것이다. 아무 생각
없이 친구들을 만나러 나간 자리에 내 꿈의 주인공이 앉아
있었다. 그녀를 처음 봤는데, 보자마자 한 번도 느껴본
적 없는 신기한 감정을 느꼈다. 그동안 맘에 드는 여자를
보면 가슴이 설레고 들떴다면, 그녀를 봤을 땐 마음이
차분히 가라앉으면서 '저 여자라면 평생을 같이 살아도 질리지
않을 것 같아'라는 신비로운 감정이 들었다. 사실 그동안
어떤 여자를 만나도 시간이 지나면 그 감정이 처음 같지
않은 것이 문제였다. 모든 사람이 당연히 여기는 것이
나에겐 문제였던 이유는, 나는 사랑을 통해 '완전하고
영원한 행복'을 이뤄야 했기 때문이다. 그런데 그녀의
외모, 그녀의 표정, 그녀의 말, 모두 끊임없이 계속 볼 수
있을 것 같았다. 전에 느껴보지 못한 색다르고 특별한
감정이어서 나는 이 감정의 정체에 대해 고민해보게
되었는데, 그녀와 교제를 시작하면서 이 감정이 순간적인
것이 아니라는 확신을 얻을 수 있었다. 세상에서 가장
특별한 남자가 되어야만 만날 수 있을 줄 알았던 내 꿈의

주인공을 내 인생 중 가장 낮은 곳에서 만난 것이다.

원래 내 꿈이 이뤄지기 위해서는 두 가지 일이 일어나야 했다. 하나는 내가 가장 특별한 남자가 되는 것이고, 또 하나는 그러고 나서 세상에서 가장 특별한 여자를 만나 결혼하는 것이었다. 그런데 황당하게도 그 여자를 미리 만나버린 것이다. 그러면서 내 꿈에 도달하는 과정은 완전히 바뀌었다. 이제 세상에서 가장 특별한 여자를 만나기 위해 성공하는 것이 아니라, 이미 만난 이 특별한 여자를 위해 성공하고 싶었다.

그러나 이때 힘들었던 시간들을 겪으면서 나의 '성공'의 개념은 많이 소박해져 있었다. 데뷔할 때 내 꿈은 〈날 떠나지마〉가 음악 순위 프로그램 20위 안에 드는 것이었다. 노래가 20위 안에 들면 사람들이 어느 정도 알기 때문이다. 나는 나 자신을 〈날 떠나지마〉를 불렀던 가수라고 소개할 수 있는 정도의 성공만 거둘 수 있다면 소원이 없겠다고 생각했다. 그것만으로도 힘들고 절망스러웠던 시간에 대한 보상으로 충분하다고 느껴졌기 때문이다. 그동안 힘든 상황들을 겪으면서 바닥을 쳤던 내 자존감 때문에 '세상에서 가장 특별한 남자'는 더 이상 나의 꿈이 아니었고 잠깐의 가수활동 이후 그걸 이용해 엔터테인먼트 회사나 무역 회사에 취직해 그녀와 결혼을

할 생각을 하고 있었다. 어려서부터 꿈꾸던 화려한 결혼은
아니었지만, 특별한 그녀를 만났기에 그것만으로도
충분히 행복할 수 있다고 믿었다.

현실적인 목표를 갖게 된 나는 정규 앨범 1집을
내면서 목표를 이룰 수 있을 거라는 생각에 들떠 있었다.
그러나 그 마저도 뜻대로 되지 않았다. 내 소속사가
가수 제작 경험이 전혀 없는 터라 앨범 발매 후 1년이
지나도록 나는 방송에 출연할 기회조차 갖지 못했고,
이렇게 내 가수의 길은 막을 내리나 싶었다. 나는 또다시
SM 오디션에서 떨어졌을 때와 같이 바닥에 내려와
있었고, 이번엔 나만 초라한 것이 아니라 그녀와 함께
초라해져버린 것 같아서 견딜 수가 없었다. 나는 더 이상
막연히 환상을 좇을 수 없다는 생각에 어떤 회사든 빨리
취직을 해야겠다고 생각했다. 가수로서 스펙을 쌓아
취직을 하려던 나는 이제 친구들보다 한참 늦게, 한참
낮은 스펙으로 일자리를 알아봐야 하는 상황이 되었다.

그즈음 또 한 번 신기한 일이 일어났다. 한 광고에 내
노래가 배경음악으로 삽입된 것이다. 1집 앨범의 유통을
담당했던 회사는 삼성이 엔터테인먼트 사업에 진출하기
위해 만든 삼성영상사업단이었는데, 같은 삼성 계열사였던
제일기획이 광고 배경음악으로 삼성영상사업단이 유통하던

곡 중에 한 곡을 고르다가 〈날 떠나지마〉가 선정된
것이었다. 센스민트라는 껌 광고였는데 모델은 배우 정우성
씨였다. 정우성 씨도 아직 신인이어서 아무도 그가 누군지
모를 때였다. 광고 하단에 '박진영 〈날 떠나지마〉'라는
자막이 뜨면서 내 노래가 알려지기 시작했다. 노래가
좋다는 입소문이 퍼지기 시작했고, 거기에 더해 정우성
씨가 박진영인 줄 오해하는 사람들까지 생겨 박진영이
엄청난 미남이라는 소문까지 돌기 시작했다.

　　얼마 후 인기 있던 TV프로그램 중 하나였던 〈토요일
토요일은 즐거워＿＿＿〉에 출연할 기회가 생겼다.
　　　　　　（토토즐）
당시 PD는 나를 보더니, 너는 연세대 학생이라는 점을
부각시켜야 성공하겠다며 첫 방송을 학교에 가서 찍자고
했다. 자존심은 상했지만 PD의 작전은 성공했다. '연대생
댄스가수'라는 타이틀은 사람들의 이목을 집중시켰고,
거기에 덧붙인 나의 격렬한 춤과 노래는 모든 사람들을
놀라게 만들었다.

　　그러고 나서 또 화제가 된 사건이 있었는데 그건
황당하게도 통역이었다. 토토즐 측에서 나에게 혹시
영어로 인터뷰를 할 수 있느냐고 묻기에 할 수 있다고
했더니 톰 크루즈가 내한한다며 나에게 그와의 인터뷰를
맡겼다. 그때만 해도 해외스타들과의 인터뷰는 조금

형식적이고 딱딱한 경우가 대부분이었는데, 내가
톰 크루즈와의 인터뷰 도중에 니콜 키드먼 (당시 부인)
이야기를 소재로 농담을 던진 것에 톰 크루즈가 큰
웃음을 터뜨리면서 인터뷰가 굉장히 재미있게 되었다.
1990년대 초만 해도 영어를 잘하는 연예인들이 많지
않았고, 거기에 더해 해외 톱스타를 웃기는 통역은 흔치
않았기에, 대중들은 나를 더 신기하게 생각하게 되었다.
지적인 이미지와 날라리 이미지를 동시에 갖게 되면서
난 연예계에서 확실한 내 자리를 만들 수 있었고, 토토즐
방송이 나간 지 몇 달 만에 〈날 떠나지마〉는 모든 음악
순위 프로그램에서 1위를 차지하게 되었다. 나는 스타가
되었다. 그리고 불가능할 것 같아 포기했던 나의 꿈이

다시 살아났다. 내가 다시 세상에서 가장 특별한 남자가 될 수 있을 것 같았다. 그래서 세상에서 가장 특별한 사랑을 그녀에게 안겨줄 수 있을 것 같았다. 중학교 2학년 때부터 좋던 그 신과 여신보다 훨씬 더 특별한 사랑을.

그런데 그때 날 당황시키는 일이 있었다. 내가 좋던 그 신을 갑자기 다시 만난 것이다. SBS 라디오 출연을 마치고 나오자 복도에서 나를 기다리고 있던 그를 만나게 되었다. 그가 너무나 초조한 눈빛으로 나에게 CD를 건네주며 "안녕하세요, 박진영 씨 정말 팬입니다. 이번에 신인가수로 데뷔한 OOO입니다"라고 말하는 것이었다. 신처럼 보이던 그가 갑자기 내 앞에 연약한 사람으로 서 있었다. 너무 놀라 멈칫했다가 공손히 CD를 받고 "네, 열심히 하세요" 하고 걸어갔다. 내가 자기 때문에 피눈물을 흘렸던 것과, 자기 때문에 멋진 사람이 되어야겠다고 생각한 걸 그는 상상이나 할 수 있었을까? 나와 자기 사이의 길고 질긴 인연을 그는 전혀 모르고 있다는 것이 이상했다.

엘리베이터에 타서 바라본 그의 앨범 커버는 너무나 투박했고, 차에서 들어본 그의 음악은 너무나 엉성했고, 찾아본 그의 춤은 실망스러웠다. 결국 그 곡과 가수 모두 방송 한번 제대로 해보지 못하고 사라졌다. **이 남자가 내가 그동안 좇고 있던 목표였단 말인가? 갑자기 두려웠다.** 만일 그가

신이라고 생각했던 게 착각이었다면, 그녀가 여신이라고 생각했던 것도 착각이었을까…… 그럼 그들이 갖고 있다고 믿었던 '특별한 사랑'도 혹시 환상이었을까…….

What was I chasing?

스타

4

장기전략

앞 장에서 말했듯이 데뷔할 때 내 꿈은〈날 떠나지마〉가
음악 순위 프로그램 20위 안에 드는 것이었다. 그런데
〈날 떠나지마〉가 모든 순위 프로그램에서 1위를 하면서
나는 전국민이 아는 스타가 되어버렸고, 방송 한 번 못
나가던 난 출연 요청을 거절하느라 정신이 없었다. 당시엔
방송국 권한이 하늘과 같이 막강할 때라서 섭외 요청을
거절하려면 매니저가 PD들에게 스케줄표를 보이며
사정을 해야 했다. 그럼에도 PD들은 어떻게든 스케줄을
끼워넣었기에 나는 차, 오토바이, 헬기를 타고 다니며
살인적인 스케줄을 소화해야 했다. 하루에 스케줄 5개는
기본이었다. 이런 광적인 스케줄을 소화하면서도 나는
연예인의 길에 들어선 것에 대한 회의가 한 번도 들지

않았다. 다른 동료들은 모두 어느 시점이 되면 '연예인이 정말 내 적성에 맞나?' 하고 회의가 든다는데, 나는 점점 더 신이 났다. 초등학교 4학년 때부터 꾸었던 **세상에서 가장 특별한 사랑**'을 하고 싶다는 꿈을 잃어버렸다 되찾았기 때문이었다. 그리고 그 꿈의 여주인공은 이미 내 곁에 있었다. 그래서 나는 가수 중에서도 최고의 가수가 되고 싶었다.

하지만 그때 나는 갑자기 중요한 선택의 기로에 서게 되었다. 나는 스타가 되어서도 계속 내 여자친구와 손을 잡고 아무 거리낌 없이 데이트를 하고 다녔는데, 소속사 사장님이 날 부르더니 여자친구가 있다는 사실을 숨겨야 된다고 하는 것이었다. 당시 청춘스타들, 특히 가수들은 애인이 있어도 모두 숨기고 있었다. 가수활동에 큰 힘이 되는 열성팬들이 떠나가기 때문이었다. 그래서 나도 고민을 해보았지만, 아무리 우리의 미래를 위해서라고 해도 지금 그녀와의 하루하루의 행복을 희생하기는 싫었다.

그래서 나는 여자친구가 있다고 말을 해버렸다. 심지어 거기서 한 걸음 더 나아가, 2집 타이틀곡으로 〈청혼가〉라는 곡을 발표했다. 한국 연예계에서는 처음 있는 일이었다고 한다. 그러자 소속사에서 우려했던 일들이 벌어졌다. 앨범 판매량은 주춤했고, 방송국과 공연장을

찾아오던 팬들의 수도 급격히 줄었으며, 팬 투표를 하는
이벤트에서는 언제나 다른 가수들에게 뒤처졌다. 그때서야
내가 어느 정도의 큰 사고를 친 건지 실감할 수 있었다. 난
분명 스타가 되었지만, 열성팬들의 응원이 필요한 '최고
중의 최고'는 될 수 없는 운명이 되어버렸다. 정말 무모한
짓이었지만 후회하지는 않았다. 대신 그때부터 나는 끝없이
속으로 반복하는 말이 생겼다.

'20년 뒤를 보자'

애인이 있으면서 카메라를 향해 '팬 여러분이 제
애인이에요'라고 말하는 가수들이 좀 얄밉기는 했지만,
충분히 이해가 갔다. 그래서 나는 10년 뒤, 20년 뒤를
생각하기로 했다. 그때에는 어차피 열성팬 경쟁이 아니라
실력 경쟁이 될 테니, 미리 미래를 준비해야겠다고
생각했다. 인기로 '최고 중의 최고'가 될 수 없다면,
실력으로 '최고 중의 최고'가 되겠다고 결심했다.

20년 뒤에 최고의 위치에 오르기 위해 나는 몸 관리,
춤 연습, 노래 연습, 음악 공부를 매일 할 수밖에 없었고,
다른 가수들이 놀 때, 쉴 때, 잘 때 노력해야 한다는
생각으로 시간을 아껴 썼다. 불규칙한 가수생활 속에서도

매일 해야 하는 루틴들을 빠짐없이 했고, 가수활동을 하지 않는 시간에는 무조건 음악 작업을 했다. 나는 지금도 시간을 절약하기 위해 남들이 보기에는 이상할 정도의 일들을 한다. 계절당 옷 두 세트를 정해놓고, 그 두 세트만 교대로 입고, 바지는 고무줄로 되어 있는 바지만 입으며, 신발도 발을 한 번에 쏙 집어넣을 수 있는 것만 신는다. 시간에 대한 강박이 이때부터 생겨난 것 같다.

　　20년 뒤라는 계획을 세우기는 했지만 당장의 하루하루가 힘겹고 지겹게 느껴졌고, 실력만으로 평가를 받지 못하는 것에 대한 억울함을 버티며 노력하는 것도 쉽지 않았다. 하지만 내 꿈은 포기할 수 없었고 방법은 이것밖에 없었기에 오히려 이 억울함을 곱씹으며 나의 원동력으로 삼았다. 그러면서 다행히 시간은 흘렀고 내 노력들은 차곡차곡 쌓여서, 25년간 12팀의 1위 가수를 프로듀싱하게 되었고, 600곡을 작사/작곡했으며, 그중에 56곡은 지상파 음악프로그램이나 최대 음악사이트에서 주간 1위곡이 되었다. 반면에 그사이, 나와 같이 활동하던 동료들은 한두 명씩 이 분야에서 찾아보기 힘들게 되었다. 속으로 끝없이 되뇌었던 말 '20년 뒤를 보자'가 실제 이루어졌다. 이제 와서 말이지만, 이 20년을 다시 살라고 하면 나는 죽어도 못할 것 같다. 단순히 승부욕이나 자존심 때문이었다면 나는 못했을

'인기'를 '인정'으로

'Popularity'를 'Respect'로 바꿔야 한다

것이다. 초등학교 4학년 때부터 꿈꿔온 완벽한 사랑에 대한
대가라 생각해서 버틸 수 있었던 것 같다.

세상엔 좋은 선택, 나쁜 선택도 있지만, 선택 후의
노력에 따라 좋은 선택, 나쁜 선택이 되기도 한다.
여자친구가 있다고 밝힌 건 당시에는 분명히 나쁜
선택이었다. 하지만 결과적으로 그 선택은 좋은 선택이
되었다. 만일 내가 열성팬들의 인기에만 의지해 가수
생활을 해나갔다면 지금의 나는 분명히 없었을 것이다.
모든 스타는 한 번의 큰 고비를 넘어야 한다.

'인기'를 '인정'으로
'Popularity'를 'Respect'로 바꿔야 한다

인기는 영원하지 않기 때문에 인기가 있을 때
어떻게든 실력을 쌓아서 대중들에게 인정을 받는
사람으로 성장해야 한다. 그 고비를 못 넘기면 인기와
함께 사라져가는 것이다. 나는 본의 아니게 그 고비를
일찍 자초한 덕분에 일찍 넘을 수 있었다.

I'm the last man standing!

딴따라

5

비닐바지를 입은

본격적으로 가수생활을 시작하면서 나는 화가
나고 답답하게 느껴지는 일들을 계속 겪게 되었다. 우선
가수들의 패션 규제였다. 물론 방송에 의상 규제는 있어야
한다. 발가벗고 방송에 나올 순 없으니까. 그러나 그때의
규제들은 도저히 이해가 되질 않았다.

선글라스 착용 금지
염색 금지
귀걸이 착용 금지
배꼽 노출 금지

청소년들에게 악영향을 끼친다는 이유였는데,

가수가 선글라스를 끼는 것이 청소년들에게 왜 악영향을 끼치는지 이해할 수가 없었다. 정말 그들이 우리 사회를 걱정해서 그런 것일까? 그렇게까지 우리 사회와 우리 나라를 걱정한다면 본인들의 삶에서도 그런 도덕적이고 정의로운 모습들이 보여야 할 텐데 내가 본 그들의 실생활은 그렇지 않은 경우가 많았다. 나에게 충격적으로 다가온 사건이 하나 있었는데, 한 매니저가 어떤 방송인 겸 PD에게 뇌물을 건네는 모습을 목격했다. 그분은 방송을 통해 사회 비판을 꽤 하던 사람이었는데 태연한 표정으로 뇌물을 받는 모습이 너무 충격적이었다. 그 외에도 매니저들이 방송국 관계자들이나 언론 관계자들을 접대하는 일은 비일비재했다. 물론 모두가 그런 것은 아니겠지만 내가 본 것만으로도 극히 일부의 문제는 아니라고 느껴졌다.

그 사람들에겐 마치 '**큰 정의**'와 '**작은 정의**'가 있는 것 같았다. 뇌물을 받지 말아야 하는 것, 아내에게 진실해야 하는 것 등은 '작은 정의'에 해당하기 때문에, 이런 걸 어기면서도 '큰 정의'는 비판할 수 있다고 생각하는 것 같았다. 정의는 상대적인 개념이 아니라 절대적인 개념이 아닌가? 나는 그들의 이러한 실상을 보았는데 그러한 사람들이 우리가 선글라스 끼는 문제를 가지고 사회에

그 사람들에겐 마치 '큰 정의'와 '작은 정의'가

있는 것 같았다. 뇌물을 받지 말아야 하는 것,

아내에게 진실해야 하는 것 등은 '작은 정의'에

해당하기 때문에, 이런 걸 어기면서도 '큰 정의'는

비판할 수 있다고 생각하는 것 같았다.

해롭다며 규제를 하니 받아들일 수가 없었다.

이런 반감이 쌓이면서 나는 돌발적인 행동들을 하고 싶었고, 결국 생방송에 비닐 옷을 입고 출연했다. 세상을 바꾸겠다는 무슨 거창한 사명감 같은 것이 있었던 건 아니었고, 그냥 짜증의 표출이었다. 방송이 끝나자마자 나는 방송국 국장님께 끌려갔다. 당시 방송국 국장님은 하늘과 같은 존재였는데, 그분의 입에서 나온 말이 나를 충격에 빠뜨렸다.

'진영아, 너는 연세대 다니는 엘리트가 왜 딴따라들처럼 굴어?'

국장님은 나를 아끼는 마음으로 한 말이었지만 나에게는 굉장한 모욕으로 다가왔다. '아, 아직도 대한민국 사회에서 가수라는 직업을 이런 시각으로 보고 있구나…….' 그동안 모르고 있던 현실과 마주한 느낌이었다. 가수라는 직업, 연예인이라는 직업을 비하하며 낮춰 부른다는 것은 자신들이 상대적으로 우월하다는 얘기인데, 그 근거가 무엇인지 나는 알 수가 없었다. 이 일을 계기로 난 2집 앨범의 제목을 '딴따라'라고 지었다. 그리고 앨범 첫 번째 곡인 〈나는…〉에서 이렇게 말했다.

난 딴따라다

태어났을 때도,

지금도,

앞으로도,

그리고 그게 자랑스럽다

그들이 연예인들을 비하하며 부른 '딴따라'라는
말을 멋지게 바꿔서 되돌려주고 싶었다. 그 후로도 나는
그들의 위선적인 권위에 대해 반감이 느껴질 때마다
일탈 행동을 했다. 여성에게만 차별적으로 강요되는
성적 경건함이 짜증나서 남성 누드화보를 찍었고,
기성세대의 권위가 짜증나서 청와대에 망사셔츠를 입고
들어갔다. 누드화보가 실렸던 월간지는 당시 가장 많이
팔린 월간지로 기록을 세웠는데, 그게 9시 뉴스에 '성의
상품화'란 제목으로 보도가 되었다. 그 보도에 화가 나서
당시 보도를 하신 기자에게 전화를 걸어 화보 속 인터뷰는
읽어보셨냐고 따졌지만, 기자로부터 돌아온 말은 '내가
서울대 나온 사람이야. 어디서 잘난 척을 하면서 나를
가르치려고 해?'였다.
청와대에 망사셔츠를 입고 간 건, 위선적인 권위에
대한 짜증이 극에 달했을 때였는데, 다행히 당시

대통령께서 언짢아하시지 않고 재미있어하시면서 별 문제없이 지나갔다. 물론 다음날 아침 스포츠 신문 1면에는 '박진영 청와대 의상테러'라는 제목의 기사가 실렸다.

　　시대가 바뀌어가면서 연예인을 둘러싼 환경은 굉장히 개방적으로 바뀌었고, 연예인에 대한 사회의 인식도 많이 바뀌었다. 그러면서 나의 돌출행동에 대한 욕구도 사라져갔다. 하지만 사람들은 그때의 기억이 너무 강렬한지, 아직도 내 비닐바지와 망사셔츠 얘기를 많이 한다. 20년이 넘는 시간이 걸렸지만, 이제는 내가 방송에 출연할 때마다 MC들이 나를 공식적으로 '영원한 딴따라'라고 소개한다. 20년 전에 국장님으로부터 들었던 말과 같은 말인데 그 뜻은 완전히 달라졌다.

Call me a 딴따라!

사업가

JYP엔터테인먼트

‘**세상에서 가장 특별한 남자**’가 되어야 하는
정확한 이유가 있었던 내게 ‘**연대생**’이라는 타이틀과
‘**댄스가수**’라는 수식어가 붙었고, 그 뒤에 또다시 ‘**뮤지션**’,
‘**프로듀서**’, ‘**사업가**’라는 수식어가 붙었다. 뒤에 수식어가
하나씩 붙을 때마다 난 내 목표에 조금씩 가까워지는 것
같았다.

　다행히 1996년, 난 당시 소속사의 계약 위반으로
전속계약이 파기되어 자유의 몸이 되었다. 소속사가
경제적인 어려움에 처하면서 나에게 지급해야 할 돈을
지급하지 않은 것이다. 당시 가장 핫했던 가수 중의 한
명이었던 나는 수많은 러브콜을 받았다. 그런데 문제는
이 러브콜들이 협박과 합쳐진 러브콜들이었다는 것이다.

그때까지만 해도 현역가수가 직접 회사를 차리는 것은
있을 수 없는 일이었다. 당시에는 조직폭력배들과
연결된 기획사들이 많았는데, 현역가수가 직접 기획사를
설립하는 선례를 만들고 싶지 않았기 때문이었다. 하지만
나는 꿋꿋하게 지금의 JYP엔터테인먼트를 설립하였고
다행히 큰일은 일어나지 않았다. 내가 직접 기획사를
차리고 싶었던 이유는 간단했다.

나는 특별하니까
특별해야 하니까
그래야 그녀와 내가 특별해질 수 있으니까

그래서 특별한 회사를 만든 특별한 사업가가
되고 싶었다. 이미 가수활동을 3년간 하면서 가요계의
시스템을 어느 정도 파악했고, 또 앨범들을 어떻게 기획,
제작해야 하는지 잘 알고 있었기에 신인가수 제작에
대한 두려움은 없었다. 홍보를 책임져줄 매니저와 음악
작업을 함께 해줄 작곡가만 있으면 회사를 시작할 수
있다고 생각했다. 다행히 전 소속사가 문을 닫으면서
내 매니저들을 그대로 데리고 올 수 있었는데 작곡가는
찾아야 했다. 그래서 많은 신인 작곡가들의 데모곡을

듣게 되었는데, 그때 우연히 한 명이 눈에 띄었다. 그게
바로 지금의 '방탄소년단'을 만든 빅히트엔터테인먼트의
방시혁이었다. 시혁이는 나보다 한 살 아래 동생이었는데
보자마자 정말 신기한 친구라고 생각했다. 신인작곡가가
스타가수인 나에게 잘 보이려고 하기는커녕, 뭔가
뿌루퉁한 표정으로 퉁명스럽게 말하는 것이었다. 난 그게
너무 재미있었고, 그런 면 때문에 오히려 더 신뢰가 갔다.

    당시 우리 회사는 직원이라고는 나와 시혁이, 그리고
매니저들뿐이었기에, 시혁이는 음악 작업과 상관없는
업무까지 많이 해야 했다. 그러다 보니 시혁이는 나와
같이 밤을 새우는 일이 많았고, 이틀 밤을 새우는 경우도
허다했는데, 지금 생각해보면 어떻게 그걸 견뎌줬는지
정말 신기하고 고맙다. 시혁이는 정말 똑똑하면서도
정직하고 착한 아이였다.

(본인은 지금도 계속 아니라고 하지만.)

    시혁이와 나는 성향이 너무 달랐지만, 우리 둘을
하나로 엮어주는 공통점이 있었다. 우리 둘 다 Nerd

(따분한

공부벌레)

성향을 갖고 있었다는 것이다. 보통 사람들이
짜증내는 논리적 분석이나 추론을 몇 시간 동안 하는
것을 싫어하지 않았고, 감정이나 생각을 논리로 치환시켜
이야기하는 면도 비슷했다. 그래서 남들이 보면 '쟤네 둘이
뭐 하니?'라고 놀릴 만한 대화를 참 진지하게 오래 나눌

수 있었다. 그래서 시혁이는 일뿐만 아니라 인간적으로도
나에게 좋은 친구가 되어주었다. 이런 시혁이와 당시
동료들 덕에 JYP엔터테인먼트는 회사의 모습을 갖추게
되었다.

　이제 가수가 필요했다. 내 CD 안에 신인가수 모집
공고를 냈더니 오디션 테이프들이 오기 시작했다. 그렇게
뽑힌 첫 가수들이 진주와 김태우____였고, 그 후로
　　　　　　　　　　　　　(g.o.d.)
박지윤, 비, 별, 노을 등을 제작했다. 내가 가수를 뽑는
기준은 '진심으로 함께 일하고 싶은가?'였다. 회사는
돈을 벌어야 하므로 재능과 상업성이 첫 번째 기준이어야

우리 둘 다 Nerd(따분한 공부벌레) 성향을

갖고 있었다는 것이다. 보통 사람들이 짜증내는

논리적 분석이나 추론을 몇 시간 동안 하는 것을

싫어하지 않았고, 감정이나 생각을 논리로 치환시켜

이야기하는 면도 비슷했다. 그래서 남들이 보면

'쟤네 둘이 뭐 하니?'라고 놀릴 만한 대화를

참 진지하게 오래 나눌 수 있었다.

하지만, 다행히 우리 회사는 나의 활동으로 돈을 제법 벌고 있었기 때문에 그런 기준으로부터 좀 자유로울 수 있었다. 나는 재미있는 일을 하고 싶었다. 돈을 버는 것도 좋고, 성공하는 것도 좋지만, 그것이 재미있는 일이어야 했다. 그런데 가수의 일을 하는 게 재미있으려면 그 친구가 성공하는 걸 꼭 보고 싶을 정도로 그 친구가 착하고 성실해야 했다.

진주는 그녀의 꿈을 향한 열정이 내 마음을 움직였고, 태우는 밝고 총명한 그의 성품이 사랑스러웠고, 비는 우직하고 성실한 태도가 나를 반하게 만들었다. 그 이후로도 우리 회사에서 데뷔시킨 가수들은 다 이렇게 꼭 성공시켜주고 싶은 이유를 하나씩 가지고 있었다. 그래서 난 진심으로 그들을 위해 일할 수 있었고, 그게 성공의 밑거름이 되었던 것 같다. 그때부터 이 선발 기준은 쭉 유지되어왔다. 처음에는 재미없는 일은 하기 싫다는 단순한 이유 때문이었는데, 결과적으로 사업에도 큰 도움이 되었다. 요즘같이 비밀이 없는 시대에는 연예인들의 잘못된 행실이나 사생활이 한순간에 치명적인 문제를 만들기 때문이다.

JYP 성공의 이유를 또 하나 꼽아보자면 패키징_____ 능력이었던 것 같다. 나는 작사, 작곡,

(Packaging)

편곡, 안무를 모두 할 줄 알았기에 가수를 프로듀싱
하면서 일관성을 만들어내는 데 유리했다. 작곡가에게
곡을 맡기고, 작사가에게 가사를 맡기고, 뮤직비디오
감독에게 비디오를 맡기고, 안무가에게 안무를 맡기고,
스타일리스트에게 패션을 맡기면서 일관성을 갖추는 것은
굉장히 어려운 일이기 때문이다.

　　난 내가 제작할 가수를 오래 관찰하며 그가 추구해야
할 이미지를 결정한 후, 그 정해진 이미지를 근거로
곡을 썼다. 그리고 곡을 작업하는 사이사이에 일어나
춤을 추면서 안무를 짰고, 그러는 도중에 뮤직비디오
아이디어와 패션스타일까지 그려지는 경우가 많았다.
그러다 보니 발표하는 가수들이 선명한 이미지를 갖고
데뷔할 수 있었다. 이미지를 갖추는 데 있어 중요한 것은
횡적 일관성과 종적 일관성인데, 횡적 일관성은 음악,
가사, 안무, 스타일, 뮤직비디오, 마케팅 등이 일관성을
갖추는 것을 말하고, 종적 일관성은 1집, 2집, 3집 등이
일관성을 갖추는 것을 말한다. 나는 이런 일관성들이
잘 유지될 수 있도록 가수에게 억지로 이미지를 만들어
입히지 않고, 가수 내면에 실제로 존재하는 면을 끄집어
내려고 노력했다. 그러다 보니 대중들에게도 그 이미지가
진정으로 어필이 될 수 있었는데, 이것이 우리의 강점인

패키징 능력이었다.

　나는 이렇게 가수에 이어 작곡가, 프로듀서, 사업가로 자리잡으면서 나 자신을 동료들로부터 차별화시켜나갔다. 5장에서 언급한 '**인기**'가 '**인정**'으로 바뀌는 과정을 무사히 통과해 나만의 영역을 만들어가면서, 나는 내가 꿈꾸던 '**특별한 사랑**'을 하기 위한 준비를 끝마칠 수 있었다.

Now I'm ready!

결혼

꿈이 이루어지다. 그러나…

초등학교 4학년 때 Penny에게 처음 설레는 감정을
느껴본 후 내 삶의 목표는 언제나 최고의 여자와 결혼하는
것이었다. Penny가 내 마음을 받아주기만 하면, 초등학교
6학년 때 내 짝사랑과 이루어지기만 하면, 중학교 2학년
때 여신이 날 떠나지만 않았더라면 난 완전히, 그리고
영원히 행복할 거라는 확신이 있었기 때문이다. 다른
사람들에게는 결혼이 성공으로 가는 과정일지 모르겠지만
나에게는 성공이 결혼으로 가는 과정이었다. 물론 이
결혼은 일반적인 결혼이 아니라 세상에서 가장 특별한
결혼이었다. 그렇기에 세상에서 가장 특별한 여자를 만날
만한 특별한 남자가 되는 것이 내 인생의 유일한 목표였던
것이다.

그런데 이 황당한 꿈이 실제로 이뤄진 것이다.
나는 우리의 사랑이 내가 꿈꾸던 그림과 완벽하게
일치한다고 느꼈기에 결혼을 결심하게 되었다. 주변에서
왜 연예인으로서의 전성기에 결혼을 하느냐는 얘기도
많았지만 나는 전혀 망설임이 없었다. 우리의 사랑이
더욱더 특별하게 느껴졌던 이유는 우리가 만난 시기와 또
함께 겪었던 시간들 때문이었다. 그녀와 만난 뒤 1년쯤
지나 내가 갑자기 전국민이 아는 스타가 되면서 수많은
여자들이 나에게 호감을 표시했지만 내가 앞날이 막막한
가수 지망생일 때 나를 사랑해주었던 그녀의 사랑과는
너무 다르게 느껴졌다. 물론 연예인과 일반인이 교제하다
보니 여러 우여곡절도 있긴 했지만, 결국 우리는 만난
지 6년 만에 결혼에 골인했다. 내 나이 28살, 난 내
인생의 궁극의 꿈이었던 '최고의 여자와 최고의 사랑'을
이루었다.

    난 이상형의 여자와 결혼했고, 경제적으로
풍요로웠고, 내 분야에서 인정받는 사람이 되었다. 내가
어렸을 적엔 나와 내 친구들은 압구정동이나 청담동에
대한 환상이 있었다. 다른 사람들이 사는 다른 세상처럼
느껴졌었는데, 그곳에 내 집과 회사 사옥이 생긴 것이다.
그것은 내가 꿈꾸던 '특별' 그 이상이었다. 사람들이

차라리 그들과 제대로 사랑을 하게 되었더라면

어떠한 사랑도 '완전하고 영원한 행복'을 줄 수 없다는

것을 일찍 깨달았을 테데, 초반의 가장 강렬한

자극만을 느끼고 환상을 갖게 되어버린 것이다.

말하는 행복의 조건, 그리고 내가 꿈꾸던 행복의 조건을 모두 갖추게 된 것이다. 그야말로 해피엔딩이었고 영화는 여기서 끝나면 됐다. 근데 문제는 삶은 영화가 아니라는 것이다.

결혼 후 시간이 조금씩 흘러가면서 난 당황하기 시작했다. 그녀와 결혼하면서 내 가슴을 꽉 채웠던 행복이 오래된 풍선처럼 조금씩 쪼그라들기 시작하는 것이었다. 둘 사이에 아무런 문제는 없었다. 시간이 지나면서 사랑의 설렘이 조금씩 식어가는 것뿐이었다. 그렇다고 100점짜리 행복이 80점으로 줄어든 것도 아니요, 50점으로 줄어든 것도 아니었지만 이게 나에게 유난히 더 크게 다가왔던 이유는 난 황당하게도 끝까지 100점이 유지될 수 있다고 믿었기 때문이다. 정말로 '완전하고 영원한 행복', '조금도 식지 않고 질리지 않는 사랑'이 있다고 믿었다. 왜냐하면 초등학교 4학년 때 Penny, 6학년 때 짝사랑, 중2 때 여신과 사랑하게 된다면 영원히 행복할 거라는 확신이 있었기 때문이다. 차라리 그들과 제대로 사랑을 하게 되었더라면 어떠한 사랑도 '완전하고 영원한 행복'을 줄 수 없다는 것을 일찍 깨달았을 텐데, 초반의 가장 강렬한 자극만을 느끼고 환상을 갖게 되어버린 것이다.

28살까지 확신을 가지고 좇았던 목표와 현실 사이에

마음속의 빈 공간 같은 것들이

느껴질 여유가 없을 정도로 나 자신을 몰아붙였고

점점 더 벅차고 힘든 일들에 도전하게 되었다.

차이가 생기기 시작하자 나는 그것을 어떻게 받아들여야 할지 몰랐다. 그래서 처음에는 그 문제를 부인하고 싶었다. 사랑하는 그녀에게 티를 내지 않는 것은 당연한 것이었고 심지어 나는 나 자신을 속이려고 했다. 설렐 때의 행동, 설렐 때의 말투를 완벽하게 그대로 유지하려고 노력했다. 내 마음속에 생기기 시작한 빈 공간을 애써 외면하려 했지만 그 존재는 너무나 확실히 느껴졌다. 하지만 그 원인도, 해결책도 몰랐던 나는 일에 더욱더 매진하기 시작했다. 마음속의 빈 공간 같은 것들이 느껴질 여유가 없을 정도로 나 자신을 몰아붙였고 점점 더 벅차고 힘든 일들에 도전하게 되었다.

You can run,
but you can not hide.

미국 진출

최초의 절망

힘든 순간들을 많이 겪었지만 그럼에도 한 번도
주저앉아 포기한 적은 없었다. 실패를 하면 곧바로 대책을
찾아 다시 도전했기에 실패를 실패로 받아들이고 끝내야
했던 적은 없었다. 그래서 자신이 있었던 것 같다. 성공할
자신이 아니라 될 때까지 계속 도전할 자신이 있었다.
신기한 이야기지만, 나는 살면서 힘들었던 적, 슬펐던 적은
많았지만, 우울했던 적은 없었다. 더 정확히 말하자면
나 자신에게 우울할 여유를 허락하지 않았던 것 같다.
조금이라도 속상한 날에는 절대 술을 입에 대지 않았고
그 습관은 지금까지도 변함이 없다. 이런 방식으로 나는
내 목표들을 하나씩 하나씩 이뤄낼 수 있었다. 가수에서
프로듀서, 프로듀서에서 제작자까지.

그런 나에게 처음으로 대안을 세울 수 없는, 그냥 받아들일 수밖에 없는 '실패'가 찾아왔다. 그건 바로 K-pop의 미국 진출이었다. 왜 하필 미국이었냐고? 세계에서 가장 큰 시장이기도 하지만 그것보다도 나에게 의미가 있는 건, 내가 사랑하는 음악의 본고장이기 때문이다. 미국에서 태권도에 빠져 자란 아이가 성공한 후 한국에 와서 인정받고 싶어 하는 것은 당연한 것 아닌가? 나 역시 그랬다. 우리 회사의 가수들이 우리가 하는 음악의 본고장인 미국에서 인정받는 것을 보고 싶었다. 물론 그럴 경우 회사로 들어올 천문학적인 수익도 동기가 되었다.

우선 나는 2003년 LA에 머물면서 미국 진출의 가능성을 타진해보았는데, 미국 작곡가들과 가수들을 보면서 자신감을 갖게 되었다. 그들보다 우리가 잘해서가 아니라, 그들과 우리가 다른 것을 하고 있다는 확신 때문이었다. 그래서 난 돌아와 미국에 진출하자고 투자자들을 설득했다. 그러자 회사 주주들은 곧바로 반대입장을 밝혔다. 한참 회사가 잘되고 있는데 도대체 왜 그런 모험을 하느냐고. g.o.d., 박지윤, 비가 연이어 성공해 최고의 자리에 오른 상황에서 왜 이런 행동을 하는지 이해할 수 없다는 반응이었다.

주주들의 요구는 당연한 것이었고, 나 역시 내 목표를
포기할 수가 없어서 우린 이사회를 통해 합의에 도달했다.
미국에 진출하는 것을 허락하되, 내가 작곡가로서 1년
안에 빌보드 Top10 앨범에 곡을 수록하지 못하면
이 꿈을 포기하는 조건이었다. 한국에서 성공한 근간이
나의 작곡 능력이었기에, 이것이 미국에서도 통하는지
증명해보라는 것이었다. 근데 당황스러웠던 것은
그때까지 소요될 모든 비용은 회사 자금을 쓸 수 없고
개인적으로 충당해야 한다는 것이었다.

당시 난 개인 재산에 대한 개념이 별로 없어 모든
수익을 회사로 집어넣었다. 연예인으로서의 수입 분배는
10:0으로 회사에게 모두 주었고, 심지어 작곡가로서의
수입인 저작권료마저도 회사에 집어넣었다. 지금
생각해보면 답답할 정도로 순진한 마음이었지만, 그때
나는 회사 동료들을 두고 나만 따로 재산을 챙기는 게
불편했다. 상황이 이렇다 보니 미국 진출을 하는 데
쓸 수 있는 돈이 별로 없었다. LA에 알고 지내던 한 형
집에 얹혀살면서 매니저도 없이 내가 직접 음반사들을
돌며 발품을 팔아야 했다. 당시만 해도 음반사들이 모든
데모곡을 CD로 받을 때라 음반사들을 매일 찾아다니며
CD를 돌려야 했는데, 밤에는 음악 작업을 하고 낮에는

음반사들을 돌았다. 함께 있던 시혁이마저 한국에 돌아가
난 그야말로 혼자 남겨졌다. 당시 미국 음반사들은
K-pop은커녕 한국이라는 나라조차도 잘 모를 때라, 내가
한국의 유명 작곡가라는 것을 밝히는 게 오히려 손해였다.
그냥 미국의 신인작곡가인 것처럼 하는 것이 뽑힐 확률이
훨씬 더 높았다.

나는 데뷔 전 가수 오디션을 볼 때보다 더 심한
문전박대를 매일 경험해야 했다. 무명일 때 무명 대우를
받는 것보다 스타가 되었다가 무명 대우를 받는 게 더
힘들었다. 어느 날 미국 음반사들을 도는 사이에 한
패스트푸드 식당에 들어가 혼자 타코를 먹고 있었는데,
한국 교포 여학생들이 우르르 들어오더니 나를 보고 깜짝
놀랐다. "Is that JYP?" 자기들끼리 수군대기 시작하는데,
박진영이 후줄근한 차림으로 혼자 패스트푸드 식당에
앉아 밥을 먹고 있는 게 이상했던 모양이었다. 아닌
척해보려고 살짝 고개도 숙여봤지만 워낙 튀는
외모인지라 결국 미니 사인회를 해야 했다. 집에 오는
길에 "내가 지금 뭘 하고 있는 거지?"라는 생각이
밀려왔다. 인기 가수라는 타이틀은 잊은 지 오래였고,
그러면서 내 안에 배어 있던 거품은 다 빠져나갔다.

그런데 기적 같은 일이 일어났다. 2004년 9월,

나는 데뷔 전 가수 오디션을 볼 때보다

더 심한 문전박대를 매일 경험해야 했다.

무명일 때 무명 대우를 받는 것보다 스타가 되었다가

무명 대우를 받는 게 더 힘들었다.

인기 가수라는 타이틀을 잊은 지 오래였고,

그러면서 내 안에 배어 있던 거품은 다 빠져나갔다.

주주들과 약속한 데드라인이 몇 달 안 남아 더 이상
가망이 없다고 느껴질 때쯤 미국의 한 음반사에서 연락이
왔다. 나와 시혁이가 함께 작곡한 곡을 사고 싶다는
것이었다. 그렇게 해서 데드라인 한 달 전인 2004년
빌보드 4위 앨범인 Mase의 《Welcome Back》에 우리가
만든 곡 〈The Love You Need〉가 실리게 되었다. 그 이후
2005년, 2006년에 연이어 빌보드 Top10 앨범인 Will
Smith와 Cassie의 앨범에 곡을 수록했다. 주주들은 놀랐고
결국 미국 사업을 허가했다.

나는 곧바로 미국 시장에 가장 적합하다고 생각된
가수 비를 미국에 알리는 일부터 시작했다. 뉴욕에 비
단독 콘서트를 잡아놓고 모든 언론사들을 찾아다니며
콘서트에 대해 홍보하며 기사를 써달라고 부탁했다.
한국인 특유의 '매일 연락하고 귀찮게 하는' 스타일을
구사했는데, 다행히 몇 언론에서 관심을 갖기 시작했고,
결국 메이저 언론인 《뉴욕타임스》가 비에 대한 기사를
쓰게 되었다. 그러자 다른 언론사들에 급속도로
퍼져나가기 시작했고, 비는 미국에서 의미 있는 활동들을
시작할 수 있게 되었다. 2006년에 비는 시사주간지
《TIME》이 뽑은 '가장 영향력 있는 100인'에 선정되었다.
각국의 정치, 사회 지도자들도 올라갈까 말까 한 명단에

한국 연예인이 올라간 것이다. 상상도 못할 일이 일어났고,
비는 그걸 계기로 할리우드까지 진출하게 되었다.

    이렇게 쌓인 미국 연예계에서의 네트워크와
노하우를 바탕으로 나는 현지 최고의 파트너들과 손잡고
원더걸스를 비롯해 신인 세 팀을 미국에서 데뷔시킬
준비를 끝마쳤다. 그런데 2008년 겨울에 갑자기
너무 황당한 일이 일어났다. 리먼 브라더스 사태가
미국에서 일어난 것이다. 전세계 금융시장이 무너졌고
한국의 코스피 지수마저 2100에서 900까지 급락했을
정도였다. 한국 연예기획사들은 오너들이 설립자이자
경영인들이지만, 미국 메이저 음반사들은 자본가 즉,
금융인들이 오너이기 때문에 음반사들은 직격탄을
맞았고, 초긴축 재정에 들어가면서 극도로 보수적인
분위기로 바뀌었다.

    몇십 명씩 해고되는 일이 즐비했고, 한 층을
통째로 없앤 음반사도 있었다. 스타 가수들이 관련된
프로젝트가 아니면 모두 정지되었고, 리스크가 높은
신인들의 프로젝트는 모두 백지화되었다. K-pop 가수들의
미국 진출은 당연히 최우선 정리대상이었다. 그나마
한국과 아시아에서 〈Nobody〉라는 곡으로 널리 알려진
원더걸스는 기회를 얻을 수 있어서 한국가수 최초로

빌보드 메인차트인 Hot100에 〈Nobody〉를 올리는 데
성공했지만, 이 역시 메이저 음반사의 지원을 받지 못하다
보니 한계가 있었다. 물론 나머지 가수들은 시도도
못해보고 한국으로 돌아와야만 했다.

그렇게 K-pop의 미국 진출이라는 나의 꿈은
산산조각이 났다. 5년 동안 준비해온 계획이 무너졌는데,
길이 보이질 않았다. 함께 미국 진출을 준비했던 동료와
가수들, 또 투자자들에게 너무나 미안했다. 당시로서는
회사를 휘청이게 할 정도의 큰 금액을 날려버렸다. 내
잘못이라고 말할 순 없었지만 내가 무리한 도전을 하자고
한 것만큼은 사실이기에 죄책감을 떨쳐내기가 어려웠다.
평생 처음으로 실패를 받아들여야만 했고, 무모한 도전을
했다며 사방에서 조롱과 비난이 쏟아졌다. 나는 처음으로
느껴본 좌절감과 무력감에 멍한 상태로 시간을 보냈다.
그러다 내 머리 속에서 한 가지 질문이 떠올랐다.

'운이 뭘까?'

생각해보니 운이라는 것이 인생에서 너무 큰 비중을
차지하고 있었다. 그제야 나는 내가 그때까지 거둔 성공도
운이 따라주었기 때문이라는 걸 깨달았다.

평화로운 대한민국에서 태어난 것.

화목한 가정에서 자란 것.

건강한 신체와 정신을 가진 것.

예쁜 피아노 선생님을 만나 피아노를 열심히 친 것.

7살 때 미국에 살면서 영어를 배웠던 것.

그래서 마이클 잭슨을 알게 된 것.

고비마다 날 도와주는 사람들을 만난 것.

가사, 멜로디, 안무 등이 계속 잘 떠오르는 것.

생각해보니 끝이 없었다. 위에서 언급한 것들 중에
하나만 주어지지 않았어도 나는 성공하지 못했을 텐데, 왜
내 성공이 내 노력만으로 되었다고 생각하고 있었을까? 이
정도 일을 당하고 나서야 알게 되었다. 성공과 실패에는
운이 크게 작용한다는 것을. 그래서 이 '운'이라는 것의
정체를 모르면서 계속 노력하는 건 바보 같은 일이라고
느껴졌다. 내가 아무리 열심히 해봤자 운이 안 따라주면
또 실패할 것이기 때문이다. '하늘은 스스로 돕는 자를
돕는다', '진인사대천명' 등의 말은 듣기에는 그럴듯하나
아무 근거가 없다는 것이 문제였다.

운은 그냥 랜덤하게 일어나는 것일까?

아님 운을 컨트롤하는 신이라는 존재가 있는 것일까?

결국 미국에서의 첫 좌절은 나에게 이런 질문들을 던져주었다. 다시는 이런 좌절에 빠지고 싶지 않았기 때문에, 나는 답을 찾아야만 했다.

What is 'luck'?

이혼

9

부서진 꿈

미국 진출의 실패가 내 삶에 끼친 진짜 문제는 일
적인 부분이 아니었다. 애써 외면하고 있던 문제를 할
수 없이 다시 마주해야 했다. 바로 결혼생활이었다.
돌아와서 다시 시작된 결혼생활은 미국으로 떠날 때와
똑같은 문제를 안고 있었다. <u>(7장 참조)</u> 아니, 더 악화되었다.
문제는 똑같았지만 그 문제를 대하는 나의 인내심이 훨씬
더 약해져 있었기 때문이다. 미국 진출을 하면서 혼자
사는 자유로움에 익숙해져 있었기 때문에 다시 마음의 빈
공간을 느끼며 결혼생활을 해나가는 게 너무나 힘들게
느껴졌다.

내가 정말 괴로웠던 건 그녀와 나 사이에는
아무 문제가 없었기 때문이다. 결혼을 해보니 그녀는 내가

생각했던 것보다 더 훌륭했고, 더 겸손했으며,
더 고귀한 인품을 가지고 있었다. 다만, 완전하고 영원한
행복을 줄 거라고 믿었던 내 결혼이 나를 완전히,
영원히 채워주지 못한다는 사실에 당황스럽고, 그로 인해
뭔가를 찾고 있는 내 모습에 당황스러웠던 것이다.
그래서 결혼생활을 하고 있는 친구들과 선배들에게 나의
솔직한 고민을 털어놓아봤지만 언제나 돌아오는 말은
비슷했다.

　　　　다 그러고 사는 거야. 뭘 더 바라니?

　　　　결혼이 그런 거지. 뭘 기대한 거야?

　　　　얼른 자식 낳아서, 자식 보며 살아.

　　말이 통하지 않았다. 그들은 모두 '완전하고
영원한 행복'에 대한 소망이 없었기 때문이다. 소망은
있었을지 몰라도 그것이 불가능하다고 믿고 있었던
것이다. 대신 '소확행' _(소소하고 확실한 행복) 이라는 개념을
만들어 '완영행' _(완전하고 영원한 행복) 을 포기하게 만드는 것
같았다. 그들 눈에는 소년도 아닌 어른이 그런 걸
꿈꾸는 나의 모습이 철없고 한심하게 보이는 것 같았다.
그래서 진지하게 고민해보았다. 나도 포기할까?

결국 난 어린 시절부터 일관되게 꿈꿔왔던 내 꿈을

산산조각 내버렸다. 올바르고, 진실하고, 지혜롭고,

훌륭한 사람, 무엇보다도 내가 사랑했고,

나를 사랑해준 사람을 이기심과

무책임이라는 칼로 찌르며 그녀의 곁을 떠났다.

그것만 포기하면 이대로 잘살 수 있는데…… 내가
사랑하는 여자를 아프게 하지 않아도 되는데…….

　　하지만 난 이대로 내 인생의 절반 이상을 살 자신이
없었다. 세상에 태어난 이상, 아니 누군가가 날 태어나게
한 이상 '완전하고 영원한 행복'은 있을 것 같았다.
그렇지 않으면 도대체 왜 날 태어나게 했단 말인가?
내가 태어나고 싶어서 태어난 게 아니지 않은가? 나는
어려서부터 열심히 살고 싶었는데, 정말 열심히 살고
싶었는데, 무얼 위해 그렇게 살아야 한단 말인가?
적당하고 소소한 행복으로 만족해야 한다면 적당히
소소하게 살았을 텐데. 이러한 생각들이 내 안에서
끝없이 소용돌이치면서 나는 40년 만에 처음으로 길을
잃었다.

　　결국 난 어린 시절부터 일관되게 꿈꿔왔던
내 꿈을 산산조각 내버렸다. 올바르고, 진실하고,
지혜롭고, 훌륭한 사람, 무엇보다도 내가 사랑했고, 나를
사랑해준 사람을 이기심과 무책임이라는 칼로 찌르며
그녀의 곁을 떠났다. 그리고 난 결심했다. 다시는 결혼을
하지 않겠다고. 이런 훌륭한 여자와 성공하지 못했다면
그 누구와 해도 성공할 수 없다고 확신했기 때문이다.
그 뒤로는 쾌락으로 마음의 빈 공간을 채우며 살았다.

빈 공간을 없앨 방법이 없어지자 나는

할 수 없이 이 빈 공간을 마주해야 했다.

'이 빈 공간은 도대체 무엇일까?'

나는 처음으로 무얼 하고 싶은 것이 아니라

알고 싶었다. 아니, 정확히 말하자면

더 이상 할 수 있는 게 없어지자

그제야 알고 싶어졌다.

9. 이혼
—부서진 꿈

마약이나 불법행위는 하지 않았지만, 클럽과 파티로
하루하루 살았다. 자극적이고 설레는 날들을 보내다 보니
처음엔 가슴의 빈 공간이 잘 느껴지지 않았지만, 몇 년이
지나자 내 마음속 빈 공간은 오히려 더 커져버렸다는
것을 알았다. 결혼했을 때보다도 더 커져 있었다. 외롭고
허전했다.

　　난 그동안 내 꿈이 '특별한 사랑'인 줄 알았는데 알고
보니 내 꿈은 그것이 아니었다.
내 꿈은 이기적인 나의 '완전하고 영원한 행복'이었다.
'특별한 사랑'이 나에게 그것을 가져다주리라고 확신하고
있었던 것이다. '특별한 사랑'이 목적인 줄 알았더니
수단이었다. 난 새로운 수단을 찾아봐야 했다.

　　그때 떠오른 건 어려서부터 막연히 마음속에 갖고
있던 기부와 자선활동이었다. 남들에게 알려지면
그 행복을 온전히 느끼지 못할 것 같아 아무도 모르게
열심히 해보았지만 그 역시도 내 빈 공간을 채워주지
못했다. 그러고는 더 이상 어떠한 방법도 떠오르지 않았다.
빈 공간을 없앨 방법이 없어지자 나는 할 수 없이
이 빈 공간을 마주해야 했다. '이 빈 공간은 도대체
무엇일까?' 나는 처음으로 무얼 하고 싶은 것이 아니라
알고 싶었다. 아니, 정확히 말하자면 더 이상 할 수 있는

게 없어지자 그제야 알고 싶어졌다. 사랑과 결혼에 대한 비현실적인 환상이 40년간 내 영혼을 마취시키고 있다가 사춘기에 던졌어야 하는 질문을 마침내 던지게 되었다.

'난 뭘 위해 살아야 하는 걸까?'

'난 왜 태어났을까?'

'날 누가, 왜 만든 걸까?'

나는 내 삶의 시작과 끝, 즉 출생과 죽음에 대해 모르기에, 그 출생과 죽음 사이에 존재하는 삶의 의미도 알 수가 없는 것이었다. 친구들끼리 모여서 대화를 나누다 누군가가 시한부 선고를 받았다고 하면 다들 진심으로 가슴 아파한다. 근데 정말 아이러니한 건, 우리 모두가 시한부라는 사실이다. 다 같은 시한부끼리 누가 누구를 불쌍히 여긴다는 말인가? 차라리 언제 죽을지 알고 있는 시한부가 더 나은 것 아닌가? 우리는 모두 죽음을 향해 걸어가고 있다. 왜 이 길을 걷고 있는지도 모른 채 계속 걸어간다. 가는 길에 부자가 될 수도 있고, 거지가 될 수 있고, 좋은 일이 있을 수 있고, 나쁜 일이 있을 수 있지만, 변함없는 사실은 우리가 모두 일정한 속도로 죽음을 향해

걸어가고 있다는 것이다. 이 상황 속에서 어떻게 행복해질
수가 있단 말인가?

난 행복해지기 위해서는 알아야 했다.

What is the Truth?

성경

10

믿기로 결심하다(2012)

우리가 왜 태어났는지, 죽음 뒤엔 무엇이 있는지, 내가 찾고 있던 것에 대해 정말 많은 사람들이 종교와 철학의 이름으로 답을 제시해놓았다. 하지만 내가 찾고 있던 건 나와 같은 한계를 가진 인간의 대답이 아닌 전지전능한 창조주의 대답이었다. 음악에 비유해 예를 들자면, 내가 음악을 만들어 발표하면 많은 사람들이 그 뒤에 숨겨진 의미나 의도를 추측하지만 답을 알고 있는 사람은 나밖에 없다. 내가 만들었기 때문이다. 그래서 난 우주와 인간을 직접 만든 창조주가 말하는 답을 듣고 싶었다.

만일 그런 창조주의 확실한 증거를 찾지 못한다면 나는 그냥 내 생각대로 다시 살아갈 생각이었다. 나보다 아무리 뛰어난 인간이라고 해도 결국은 나와 같은 한계를

지닌 인간이기에, 그가 나에게 완전한 진리를 말해줄
확률은 없다고 생각했기 때문이다. 대학에서 과학을
전공하면서 내가 느낀 건 인간이 지금까지 밝혀낸
사실, 아니 밝혀냈다고 믿고 있는 사실들이 인간이 아직
모르는 사실들에 비해 형편없이 적다는 것이다. 심지어
밝혀냈다고 믿고 있는 그 사실들조차도 언제라도 뒤바뀔
수 있는 불안한 것들이다.

그래서 난 우선 종교 경전 중 창조자가 등장하는 책을
찾아봤다. 여러 책을 비교해보며 공부해보려고 했었는데,
너무나 신기하게도 우주와 인간을 만든 창조자가
등장해서 그것을 왜, 어떻게 만들었는지 자세히 써놓은
책은 성경 한 권밖에 없었다.

태초에 하나님이

천지를 창조하시니라

—창세기 1장 1절

성경의 첫 줄인데, '태초, In the beginning'라는 말은
시간을 의미하고 '하늘과 땅, the heaven and the earth'은
공간을 의미한다. 이 시간과 공간 전체를 우린 우주라고
부른다.
(Universe의 정의를 찾아보면 'All of time and space'라고 나온다.)

창조자를 찾고 있던 나에게 이 구절은 강렬하게 다가왔다. 그러면서 자연스럽게 다른 모든 종교 경전들은 옆으로 밀려났다.

하지만 난 성경에 대한 반감이 있었다. 사실 중학교 때까지 교회를 다녔는데, 어느 순간부터 모든 사람이 천국 아니면 지옥에 간다는 이분법적인 기준이 말이 안 되는 것 같았다. 나를 포함한 내가 본 모든 사람들은 착한 행동도 하고 나쁜 행동도 하는데, 도대체 어떻게 인간을 두 그룹으로 나눈다는 말인가? 착한 행동과 나쁜 행동의 비율이 몇 대 몇이어야 천국에 간다는 말인가? 그래서 나는 교회에 나가지 않게 되었는데, 알고 보니 그것은 나의 오해였다. 내가 천국과 지옥을 나누는 기준을 잘못 알고 있었던 것이다. 성경 공부를 본격적으로 시작하면서 내가 깨달은 것은 이러했다.

천국과 지옥을 나누는 기준은 죄가 '많고 적고' 혹은 '크고 작고'가 아니다. 죄가 '있고 없고'이다.

하나님은 인간을 만드시고 한없이 사랑하고 계신 아버지이다. 하지만 동시에 만물을 정의롭게 다스리는 왕 같은 분이셔서, 아무리 사랑하는 자식이라고 해도 그의 죄를 못 본 체 넘어가실 수는 없다. 죄가 하나도 없는 세상에서 사시려고 하는 하나님은 죄가 하나라도 있는 죄인과는 함께 살 수가 없다. 그래서 하나님의 기준은 죄가 '있고 없고'인데, 인간들은 죄가 '많고 적고' 혹은 '크고 작고'를 가지고 선악의 기준을 삼는다.

인간이 평생 아주 작은 죄 하나도 안 짓는 것은 불가능한 일이기에, 하나님께서는 인간이 행위와 상관없이 완벽히 의인이 될 수 있는 길을 준비해주셨다. 그것은 바로 부모님이 자식의 모든 잘못을 대신해 벌을 받는 것과 같은 일이었다. 하나님께서는 자신이 만든 인간들의 죄를 대신해 벌을 받으시려고, 자신의 분신인 예수님을 인간의 모습으로 이 땅에 보내어 인간 전체를 대신해 십자가에서 처형당하게 하셨다. 미래를 모두 아시는 하나님이시기에 모든 인간이 저지른 죄 뿐만 아니라, 앞으로 지을 죄까지 모두 담당하신 것이다. 그러고는 우리에게 걱정하지 말고 이 사실을 깨닫고 믿기만 하라고 말씀하신다.

나를 가로막고 있던 오해가 풀리면서 2010년부터 2년간, 나는 본격적으로 성경을 집요하게 파고들기 시작했다. 성경에 관한 많은 자료들과 해석들을 찾아보았고, 종파와 상관없이 다양한 목사님들을 만나 말씀을 들어보았다.

Korean column:

22 피조물이 다 이제까지 함께 탄식하며 함께 고통하는 것을 우리가 아느니라

23 이뿐 아니라 또한 우리 곧 성령의 처음 익은 열매를 받은 우리까지도 속으로 탄식하여 양자 될 것 곧 우리 몸의 구속을 기다리느니라

24 우리가 소망으로 구원을 얻었으매 보이는 소망이 소망이 아니니 보는 것을 누가 바라리요

25 만일 우리가 보지 못하는 것을 바라면 참음으로 기다릴찌니라

26 이와 같이 성령도 우리 연약함을 도우시나니 우리가 마땅히 빌 바를 알지 못하나 오직 성령이 말할 수 없는 탄식으로 우리를 위하여 친히 간구하시느니라

27 마음을 감찰(監察)하시는 이가 성령의 생각을 아시나니 이는 성령이 하나님의 뜻대로 성도를 위하여 간구하심이니라

28 우리가 알거니와 하나님을 사랑하는 자 곧 그 뜻대로 부르심을 입은 자들에게는 모든 것이 합력하여 선을 이루느니라

29 하나님이 미리 아신 자들로 또한 그 아들의 형상을 본받게 하기 위하여 미리 정하셨으니 이는 그로 많은 형제 중에서 맏아들이 되게 하려 하심이니라

30 또 미리 정하신 그들을 또한 부르시고 부르신 그들을 또한 의롭다 하시고 의롭다 하신 그들을 또한 영화롭게 하셨느니라

31 그런즉 이 일에 대하여 우리가 무슨 말 하리요 만일 하나님이 우리를 위하시면 누가 우리를 대적하리요

32 자기 아들을 아끼지 아니하시고 우리 모든 사람을 위하여 내어 주신 이가 어찌 그 아들과 함께 모든 것을 우리에게 은사로 주지 아니하시겠느뇨

33 누가 능히 하나님의 택하신 자들을 송사(訟事)하리요 의롭다 하신 이는 하나님이시니

34 누가 정죄하리요 죽을 뿐 아니라 다시 살아나신 이는 그리스도 예수시니 그는 하나님 우편에 계신 자요 우리를 위하여 간구하시는 자시니라

35 누가 우리를 그리스도의 사랑에서 끊으리요 환난이나 곤고나 핍박이나 기근이나 적신(赤身)이나 위험이나 칼이랴

36 기록된바

우리가 종일 주를 위하여 죽임을 당케 되며 도살할 양 같이 여김을 받았나이다

함과 같으니라

English column:

22 For we know that the whole creation groans and labors with birth pangs together until now.

23 Not only *that*, but we also who have the firstfruits of the Spirit, even we ourselves groan within ourselves, eagerly waiting for the adoption, the redemption of our body.

24 For we were saved in this hope, but hope that is seen is not hope; for why does one still hope for what he sees?

25 But if we hope for what we do not see, we eagerly wait for it with perseverance.

26 Likewise the Spirit also helps in our weaknesses. For we do not know what we should pray for as we ought, but the Spirit Himself makes intercession for us* with groanings which cannot be uttered.

27 Now He who searches the hearts knows what the mind of the Spirit is, because He makes intercession for the saints according to *the will of* God.

28 And we know that all things work together for good to those who love God, to those who are the called according to *His* purpose.

29 For whom He foreknew, He also predestined *to be* conformed to the image of His Son, that He might be the firstborn among many brethren.

30 Moreover whom He predestined, these He also called; whom He called, these He also justified; and whom He justified, these He also glorified.

God's Everlasting Love

31 What then shall we say to these things? If God *is* for us, who *can be* against us?

32 He who did not spare His own Son, but delivered Him up for us all, how shall He not with Him also freely give us all things?

33 Who shall bring a charge against God's elect? *It is* God who justifies.

34 Who is he who condemns? *It is* Christ who died, and furthermore is also risen, who is even at the right hand of God, who also makes intercession for us.

35 Who shall separate us from the love of Christ? *Shall* tribulation, or distress, or persecution, or famine, or nakedness, or peril, or sword?

36 As it is written:

"For Your sake we are killed all day long;
We are accounted as sheep for the slaughter."*

하지만 바울은 우리에게 전혀 다른 것을 말한다. 만일 우리가 육신적인 소욕을 추구한다면, 그로 인해 결국 사망에 이르게 될 것이라고 말한다. 그러면서 바울은 생명과 참된 평안의 길을 제시한다. 그 길은 하나님의 영이신 성령님의 생각을 좇는 길이다. 우리가 하나님의 영에 지배받을 때, 우리는 하나님의 뜻을 사랑하고 추구하게 된다. 그리고 그로 인해 경건한 삶의 열매를 맺을 수 있고, 마침내 영원한 생명을 누릴 수 있게 된다! ※ 로마서 8:5-9

conform [kənfɔ́rm] v.따르게 하다
distress [distrés] n.고통, 곤란
firstfruits [fə́rstfruːts] n.첫수확, 햇것
groan [ɡroun] v.신음하다, 괴로워하다
intercession [ìntərséʃən] n.중재, 조정
pang [pæŋ] n.(심신의) 격통, 고통

peril [péril] n.위험(=danger), 위태
persecution [pə̀rsəkjúːʃən] n.박해, 학대
perseverance [pə̀rsəvírəns] n.인내력
predestine [priːdéstin] v.운명짓다
redemption [ridémpʃən] n.구속, 구원
tribulation [trìbjuléiʃən] n.고난, 시련

8:24 hope that is seen is not hope 보이는 소망은 소망이 아니다 ※ 'that is seen' 부분은 앞의 hope을 수식하며 주어부는 hope이다

8:26 make intercession for~ ~을 위하여 간구하다, ~을 위해 중재하다

8:33 It is God who justifies 의로운 이는 바로 하나님이시다 ※ It is ~ who(that)... 의 강조 구문으로 God가 강조됨 ※ It is He who has made us;

8:35 separate~ from ··· ~을 ···로부터 분리시키다 ※ 'separate A from B'

천국과 지옥을 나누는 기준은

죄가 '많고 적고' 혹은 '크고 작고'가 아니다.

죄가 '있고 없고'이다.

나는 매일 열 시간 이상씩 성경을 붙들고 씨름했다.

성경에 대한 다양한 해석들을 비교할 때 나의 기준은 하나였다. '논리적 일관성.' 성경을 만일 하나님이 쓰셨고, 그 하나님이 지금도 계신다면, 그 내용이 변질되지 않도록 지켜야 한다. 성경 내용이 왜곡되거나 변질되어버리면 인간이 진리를 알 수 있는 길을 잃어버리기 때문이다. 그렇게 되면 하나님은 인간을 심판하실 수가 없다. 인간들이 하나님 앞에 와서 '성경 내용이 변질되어 잘못 알았습니다'라고 변명을 할 수 있기 때문이다.

먼저 알 것은 성경의 모든 예언은
사사로이 풀 것이 아니니, 예언은 언제든지
사람의 뜻으로 낸 것이 아니요,
오직 성령의 감동하심을 받은 사람들이
하나님께 받아 말한 것임이라

—베드로후서 1장 20~21절

여기서 말하는 '논리적 일관성'은 사실의 일관성을 말하는 것은 아니다. 성경은 여러 저자들이 쓴 책들을 모아놓은 것인데, 저자에 따라 동일한 사건의 세부 내용을 약간 다르게 기록해놓은 부분들이 있다. 이것은 하나님이

10. 성경
—믿기로 결심하다
(2012)

성경에 대한
다양한 해석들을
비교할 때 나의
기준은 하나였다.
'논리적 일관성.'

133

인간의 한계를 자연스럽게 드러내고자 그렇게 하신
것인데, 이런 것이 하나님의 원칙의 일관성에는 아무런
지장을 주지 않는다. 그래서 나는 성경이 처음부터 끝까지
논리적인 일관성을 갖췄다는 전제하에 논리적 충돌이
가장 적은 해석들을 선택했다. 어떤 해석이 올바르다면
성경 전체에서 논리적으로 충돌하는 구절이 한 구절도
없어야 한다는 것이다.

많은 목사님들이나 신학자들이 성경의 '논리적
일관성'을 포기한다. 성경은 불완전한 책이라고 말하면서,
거기에 자신의 생각이나 성경 외의 자료들을 추가해서
해석한다. 성경은 논리적 일관성만 포기하면 어떤 해석도
가능하다. 자신의 해석과 논리적으로 충돌하는 구절이
나오면 성경이 논리적으로 완벽하지 않다고 말하면 되고,
문제가 되는 부분이 나오면 비유라고 말하거나 시대적
특수성 때문이라고 말하면 되기 때문이다. 생각보다 많은
목사님들이 이 방법을 택한다.

이는 내 생각이 너희의 생각과 다르며,

내 길은 너희의 길과 다름이니라.

여호와의 말씀이니라.

—이사야 55장 8~9절

성경이 만일 논리적인 일관성을 갖추고 있지 않다면, 우리는 몇 %까지 융통성을 발휘해도 되는 것일까? 10%? 20%? 융통성이라는 것은 발휘하기 시작하면 끝이 없고, 그렇게 되면 우리는 기준을 잃어버리게 된다. 불완전한 저울을 가지고 아무리 재어보아도 그 정확한 무게를 알 수 없듯이 말이다. 그렇게 논리적 일관성이라는 기준을 가지고 공부해본 성경의 내용은 이러했다.

1. 성경의 저자는 하나님이시며 우주_____를
   (시간, 공간, 인간)
   창조하셨다.

2. 하나님이 역사 속에서 선택한 인간들의 영혼을 움직여
   성경을 기록, 편집, 번역, 유지하셨다.

3. 하나님은 원래 우주와 그 속의 모든 걸 영원하도록,
   썩지 않도록 창조하셨고, 그 창조의 목적은 인간과
   함께 영원히 사랑하며 살기 위해서다.

4. 사랑을 하기 위해서는 당사자들이 모두 자유의지가
   있어야 하므로 인간에게도 자유의지를 주셨고, 그
   자유의지를 활용할 수 있도록 두 개의 선택을 만들어

주셨다. 하나님의 말씀을 따르는 '선'과, 하나님의
말씀을 거스르는 '악'.

5. 영원한 존재였던 인간은 하나님의 말씀을 거스르는
선택을 하여 정의로우신 하나님과 함께 살 수 없는
죄인이 되었다. 생명의 근원인 하나님과 단절된 인간은
이때부터 죽는 존재, 썩는 존재가 되었고, 인간의
피에는 죄를 지을 수밖에 없는 죄성이 생겼다. 그 뒤로
태어난 모든 인간은 이 죄성을 물려받아 태어나, 죄를
짓지 않을 수 없는 존재가 되었다. 이때 온 우주도 썩는
우주로 바뀌었다.

6. 미래를 다 아시는 하나님은 인간이 하나님의 말씀을
거스르는 선택을 할 것을 미리 아시고, 인간의 귀로
이해할 수 있는 '말씀'이라는 자신의 분신을 미리 준비해
이 '말씀'을 통해 인간을 구원할 계획을 세워놓으셨다.
이 말씀을 '아들'이라 부르고 그에게 자신의 모든 권한을
넘겨 창조를 포함한 모든 일을 그 '아들' 즉, '말씀'을 통해
하셨다.

7. 이 '말씀'이 2천 년 전에 인간의 모습으로 세상에 온

것이고, 그게 바로 예수님이다.

8. 인간에 대한 사랑을 포기할 수 없었던 하나님께서는
   인간의 모든 죄를 예수님에게 대신 뒤집어씌우고,
   그를 십자가에서 처형당하게 함으로써 인간에게 죄를
   완전히 용서받을 수 있는 길을 열어주셨다. 이것을
   복된 소식, 즉 복음이라고 한다.

9. 이 사실을 인간이 알아들을 수 있는 '말씀'을
   통해 인간들에게 전하였고, 이것이 완전히 믿어진
   사람들은 예수님의 희생으로 인한 죄사함의 수혜자가
   되어 '의인'   이 되는데, 이것을
            (죄가 하나도 없는 사람)
   구원이라고 한다.

10. 이 '완전한 죄사함'이 믿어져 구원을 받은 사람들은
    죄가 모두 없어졌기에 정의로운 하나님 앞에 가도
    죄인이 아니며, 하나님과 영원히 함께 살 수 있다.

   하나님은 인간이 이 사실을 믿을 수 있도록 성경에
인류의 역사, 특히 유대인의 역사를 미리 다 예언해
놓으심으로써 자신이 시간 바깥에 있는 창조주임을

증명하신다. 우선 하나님은 자신의 이름이 'I AM THAT
I AM' _____ 이라고 말씀하신다. 이 이름은 무엇을
     (출애굽기 3:14)
의미하는지 이해하기 위해 다음 구절을 함께 읽어보자.

> 예수 그리스도는 어제나 오늘이나
>
> 영원토록 동일하시니라
>
> —히브리서 13장 8절

    하나님은 누구에 의해 창조되신 적이 없고, 처음부터
존재하셨다는 것이다. 그리스의 철학자 아리스토텔레스는
하나님을 믿는 사람도 아니었지만, 그의 책《형이상학》에,
'부동의 동자' _____ 라는 것이 있어야
          (Unmoved mover 혹은 prime mover)
한다고 썼다. 이것을 후대의 철학자들은 '제1원인' ___
                                    (1st
___ 이라고 표현하게 되는데, 모든 것의 원인을 추적해
cause)
올라가다 보면 어떤 원인도 없이 그냥 존재하는 것이
있어야만 한다는 것이다. 원인 없이 원래부터 그냥
존재하면서 다른 모든 것의 원인이 된 존재, 이것이 바로
'I AM THAT I AM' 이 갖는 의미이다.
    시간 바깥에 계신 하나님에게는 과거와 미래가
현재처럼 눈앞에 펼쳐져 있다. 따라서 'I was'나 'I will
be'라는 표현은 하나님에게 있을 수 없다. 언제나

'I AM'인 것이다. 그와 반대로 인간에게는 '현재'라는 것이 존재하지 않고 과거와 미래만이 존재한다. 우리가 "지금"이라고 말하는 순간, 그것은 이미 과거가 돼버리기 때문이다. "나 행복해"라는 말이 입에서 떠나는 순간 사실 "나는 1초 전에 행복했었다"라는 뜻이 돼버린다.

" 내가 그리스도 안에 있는 한 사람을 아노니 십사년 전에 그가 셋 째 하늘에 이끌려 간 자라 (그가 몸 안에 있었는지 몸 밖에 있었는지 나는 모르거니와 하나님은 아시느니라) "

고린도후서 12:2

둘째 하늘

첫째 하늘

셋째 하늘

위 그림 속에 있는 첫째 하늘은 대기권, 둘째 하늘은 우주를 의미하는데, 이 우주 바깥이 시간 밖의 영역인 '셋째 하늘'이고, 하나님은 이곳에 계시는 시간을 초월한 존재라는 것을 우리에게 계속 설명하신다.

이 일을 누가 행하였느냐? 누가 이루었느냐?

누가 처음부터 만대를 불러내었느냐?

나 여호와라. 처음에도 나요,

나중 있을 자에게도 내가 곧 그니라

—이사야 41장 4절

주 하나님이 이르시되 "나는 알파와 오메가라.

이제도 있고, 전에도 있었고, 장차 올 자요,

전능한 자라" 하시더라

—요한계시록 1장 8절

따라서 성경이 정말 진리인지 아닌지 확인해보는
방법은 간단하다. 성경에 쓰여 있는 수많은 예언들이
맞았는지, 틀렸는지 확인해보면 된다. 특히 하나님이
자신의 증인으로 택하신 유대인의 역사를 보면 된다.

나 여호와가 말하노라 너희는 나의 증인,

나의 종으로 택함을 입었나니 (……)

(……) 그러므로 너희는 나의 증인이요

나는 하나님이니라 여호와의 말씀이니라

—이사야 43장 10, 12절

내가 예로부터 처음 일들을 알게 하였고,

내 입에서 그것들이 나갔으며,

또 내가 그것들을 듣게 하였고,

내가 홀연히 행하여 그 일들이

이루어졌느니라. 내가 알거니와

너는 완고하며 네 목은 쇠의 힘줄이요,

네 이마는 놋이라.

그러므로 내가 이 일을 예로부터

네게 알게 하였고, 이 일이 이루어지기 전에

그것을 네게 듣게 하였느니라.

그것을 네가 듣게 하여 네가 이것을

"내 신이 행한 바요 내가 새긴

신상과 부어 만든 신상이 명령한 바라"

말하지 못하게 하였느니라

　　　　　　—이사야 48장 3~5절

주 여호와께서는 자기의 비밀을

그 종 선지자들에게 보이지 아니하시고는

결코 행하심이 없으시리라

　　　　　　—아모스 3장 7절

하나님은 심지어 인간들에게 미래를
맞히지 못하는 신을 왜 믿느냐고 나무라신다.

나 여호와가 말하노니 너희 우상들은 소송하라.
야곱의 왕이 말하노니 너희는
확실한 증거를 보이라. 장차 당할 일을
우리에게 진술하라 (……) 혹 앞으로 올 일을
듣게 하며 뒤에 올 일을 알게 하라.
그리하면 너희가 신들인 줄 우리가 알리라 (……)

—이사야 41장 21~23절

따라서 나는 성경에 있는 예언들을 유대인의
역사와 비교해보기 시작했다. 그러다가 이것을 더
자세히 확인해보고 싶어 모든 걸 제쳐놓고 2012년 9월
예루살렘으로 떠났다. 두 달간 핸드폰도 꺼놓고 세상과
단절한 채 박물관, 도서관, 역사 현장 등을 찾아다니면서
성경의 내용과 역사 자료들을 비교해보았다.

그리고 충격을 받았다. 예언들은 몇십 년, 몇백
년, 혹은 몇천 년 후에 다 이루어졌고 그것들은 부인할
수 없는 역사적 자료들로 남아 있었다. 아무리 돌려서
보고, 삐딱하게 보려고 해도 도저히 부인할 수 없는

사실이었다. 결국 나는 성경은 인간이 쓴 책이 아니라는
사실을 받아들일 수밖에 없었다. 미래를 완벽히 맞히는
건 신이 아니면 불가능하기 때문이다. 앞으로 몇천 년간
일어날 일에 대한 예언을 빼곡히 기록해놓은 책이 세상에
또 있을까? 나는 역사로 증명된 예언들이 들어 있지 않은
책은 더 이상 볼 필요가 없었다. 2012년 10월, 난 그렇게
예루살렘의 한 호텔방에서 성경 앞에 무릎을 꿇었다.
누가 나에게 성경을 왜 믿느냐고 물어본다면 내 대답은
간단하다.

"몇천 년의 역사를 미리 다 예언해놓은 책은 성경뿐이어서."

나 역시 대학에서 과학을 전공한 사람이기에,

10. 성경
—믿기로 결심하다
(2012)

모든 걸 제쳐놓고
2012년 9월
예루살렘으로
떠났다.

143

과학과 성경이 많이 충돌한다는 것을 잘 알고 있다. 아담을 비롯한 초기 사람들이 천 살 가까이 살았던 것, 인간은 진화된 것이 아니라는 것 등. 하지만 미래를 다 맞히는 분 앞에서 과학이 무슨 의미가 있을까? 인간의 과학은 우리가 생각하는 것보다 훨씬 더 불완전하다. 누군가가 나에게 앞으로 일주일간 일어날 일을 미리 다 써주었는데, 그게 모두 맞았다면 그다음부터 과학은 의미가 없는 것 아닐까? 예언은 과학을 초월한 영역이다. 그때부터 난 성경이 진리라고 받아들이고 성경 말씀대로 살아가기로 결심했다.

미국 진출 실패, 이혼 등을 겪으면서 길을 잃었던 나는 확실한 답을 만나고 다시 힘차게 살기 시작했다. 더 이상 내 삶에 대해 궁금한 건 없었다. 성경 안에 그 답이 모두 있었기 때문이다. 그리고 나는 주변 사람들이 느낄 정도로 바뀌기 시작했다. 아니 주변 사람들 자체가 바뀌었다. 그리고 2년 동안 성경을 붙잡고 파헤친 덕택에, 사람들이 성경에 대해 궁금한 걸 물어볼 때마다 성경을 펼쳐서 그 답들을 찾아줄 수 있었다. 난 사람들 눈에 꽤 괜찮은 크리스천이 되어 있었다.

그러나 나에게는 문제가 하나 있었다. 사실 난 성경이 믿어지지 않았다. 성경과의 논리 싸움에 져서, 더 이상 성경을 반박할 논리가 없어서 진리로 인정하긴 했지만,

마음속에서 믿어지지는 않았다. 아무리 믿으려고 해도 믿어지지가 않았다. 하나님이 우주를 창조하시기 전부터 박진영이라는 인간을 알고 계셨고, 내가 살면서 지을 죄도 모두 알고 계셔서, 2천 년 전에 나 대신 전부 벌을 받아주셨다는 걸 도대체 어떻게 믿는단 말인가? 이게 어떻게 사실로 믿어질 수 있단 말인가?

'믿어지지 않음.' 그게 나의 고민이었다. 그래서 교회나 성당을 다니는 친구들과 이야기를 나누어봤는데 놀랍게도 그들은 나와 같은 고민을 하고 있지 않았다. 교회나 성당을 열심히 다니지만 자기가 정확히 뭘 믿는 건지, 왜 믿는 건지, 어떻게 믿는 건지 제대로 설명을 하지도 못했다. 그들은 성경을 믿는 것이 아니라 목사님이나 신부님을 믿는 것 같았다. 그래서 내가 성경을 펼쳐 설명해주면 그들은 슬슬 대화를 피했다. 나는 목사님들과 만나 상담을 해봤지만, 대부분의 목사님들은 믿음이란 원래 그렇게 불안정한 것이며, 나 정도로 삶이 송두리째 바뀌었다면 구원을 받은 것이라고 얘기해주셨다.

물론 난 누가 봐도 새로운 삶을 살고 있었고, 예수님을 내 구원자로 받아들였지만 그것은 어디까지나 나의 결심과 나의 의지였지, 내 마음속에서 사실로 믿어졌던 것은 아니었다. 그런데 자꾸 나에게 '구원을 받았다', '하나님의

자녀다', '성령이 임했다', '거듭났다'고 하니 그저 답답할
뿐이었다. 그때 출연했던 〈라디오스타〉라는 방송에서 내가
성경에 대해 했던 말이다.

　　마음속 한구석에 남아 있는 복음에 대한 의심이
사라지면서 온전히 믿어지는 것이 구원이기에, 나는 내가
구원을 못 받았다는 것을 알고 있었고 죽음이 무서웠다.
그런 상태에서 내가 할 수 있는 건 없었기에, 그저
하나님을 두려워하며 믿어질 날만을 기다리며 살아가고
있었다. 그때 내가 발표했던 곡의 가사이다.

Halftime

더 빨리 더 높이 더 멀리 그냥 앞만 보며 미친듯이
정신없이 달린 내 인생의 뜨거웠던 전반전
나 같은 놈이 여기까지 온 건 놀라운 반전의 반전
정말 열심히 살고 싶었어
돈과 인기를 얻으면 예쁘고 멋진 여자도 얻고
하고 싶은 일만 고르면 그것만 하고 살 수 있으면 성공인
줄 알았어
그러면서 어려운 사람들 도우면 행복할 줄 알았어
세상에 소리쳤어 날 좀 쳐다봐달라고
여기 내가 이렇게 열심히 사니 날 좀 알아봐달라고
그러면 뭔가 될 줄 알았어. 인생의 고민이 해결될 줄
알았어
하지만 비행기 속에서 작은 흔들림에도 바보같이
죽을까봐
벌벌 떨면서 무서워하는 내가 너무 한심하지

작아지고 낮아져서 더 부서지고 허무해지길
내 인생을 그냥 살지 않길
내 인생을 그냥 살지 않길

내 인생을 그냥 살지 않길

제발 알게 되고 따라가길

내 인생을 그냥 살지 않길

제발 알게 되고 따라가길

해답을 찾고 찾아보니 조금씩 보이기 시작했어

문제는 그게 오직 머리로만 받아들여지지

마음으로는 받아들여지질 않아

믿기는 하는데 도무지 믿어지질 않아

믿기는 하는데 도무지 믿어지질 않아

그동안 내가 뭘 안다고 떠들어댔는지 부끄러워

만나서 물어보고, 믿고 또 믿어지면, 그때부터가 사는

거야

믿고 또 믿어지면, 그날이 내 생일이야

기나긴 역사의 한 점도 안 되는 내가

이 넓은 우주의 한 먼지도 안 되는 내가

이 모든 걸 만든 사람에게 찾아가 물어보지도 않고

내 조그만 뇌로 선과 악, 정의와 불의를 단정하고

큰소리로 떠든다는 게 얼마나 교만한 일인지

나 자신을 믿고 살다가 얼마나 초라해질런지

지금이라도 알아서 정말 다행이야

믿어지지는 않아도 알아서 정말 다행이야

10. 성경
—믿기로 결심하다
(2012)

151

그렇게 '믿으면서도 믿어지지 않아' 괴로워하는
나에게, 다행히 위로가 되는 말씀들이 성경에 있었다.

기다리는 자들에게나

구하는 영혼들에게 여호와는 선하시도다.

사람이 여호와의 구원을 바라고

잠잠히 기다림이 좋도다. (……) 여호와께서

하늘에서 살피시고 돌아보실 때까지니라

—예레미야애가 3장 25~26, 50절

가이사랴에 고넬료라 하는 사람이 있으니

(……) 그가 경건하여 온 집안과 더불어

하나님을 경외하며 백성을 많이 구제하고,

하나님께 항상 기도하더니 (……) 환상 중에

밝히 보매, 하나님의 사자가 들어와 이르되 (……)

"네 기도와 구제가 하나님 앞에 상달되어

기억하신 바가 되었으니"

—사도행전 10장 1~4절

기도를 더 열심히 해보라는 주변 사람들의

조언에 더욱 열심히 기도를 해봤지만 이상하게 '절
구원해주세요'라는 말은 잘 나오지 않았다. 왜냐하면
구원을 너무 쉽게 받고 실망스러운 삶을 살아가는
사람들을 많이 보았기 때문이다. 나는 구원을
간절히 바랐지만 혹시라도 내가 그들처럼 될까봐
"절 어서 구원해주세요"라는 말 대신 "제 인생을
책임져주세요"라는 말로 기도를 끝마치곤 했다.

God, please take
charge of my life...

교회

본의 아니게 만들어지다

구원 못 받은 크리스천으로 살고 있던 나에게 신기한
일이 일어났다. 친구와 밥을 먹다가 성경 얘기가 나와
내가 아는 것들을 좀 얘기해주었는데, 그 친구가 갑자기
나에게 성경을 좀 가르쳐줄 수 있느냐고 물어봤다.
나는 아직 성경이 안 믿어졌다고 얘기를 했는데도 내가
설명하는 것이 이해가 잘된다며 가르쳐달라고 했다.

그래서 나는 성경을 잘 아는 몇 분과 함께 공부하는
자리를 만들었다. 며칠 공부를 한 후 내가 추가로 설명을
해주고 있었는데, 히브리서 10장 18절에 이르자 갑자기 그
친구가 '나 다 믿어져' 하고 방긋 웃는 것이었다.

이것들을 사하셨은즉 다시 죄를 위하여

자신의 모든 죄를 예수님이 짊어지고 가셨기 때문에
자신은 천국에 간다는 것이다. 그날 나는 처음으로
사람이 구원받는 모습을, 거듭나는 모습을 보았다. 친구를
위해 옆에 있던 피아노로 '주의 말씀 받은 그날'이라는
찬송가를 연주해주었고, 그 친구는 벅찬 마음으로 노래를
불렀다.

주의 말씀 받은 그날 참 기쁘고 복되도다
이 기쁜 맘 못 이겨서 온 세상에 전하노라
기쁜 날 기쁜 날 주 나의 죄 다 씻은 날

난 그를 위해서는 정말 기뻤지만, 내 모습은 너무
초라했다.

'나는 왜 안 믿어질까……'

그런데 거기서 끝이 아니었다. 그 친구가 이걸 꼭
들려주고 싶은 후배가 있으니 똑같이 다시 한번 설명을

해달라는 것이었다. 그렇게 초대된 후배가 설명을 듣고는 그의 동생을 또 데려오고, 그 동생은 또 친구를 데려왔다. 이런 식으로 함께 성경을 공부하는 사람들이 늘어나면서 그중 구원을 받는 사람들도 함께 늘어났다. 나는 구원도 못 받은 주제에, 나 스스로도 믿지 못하는 걸 설명한다는 것이 너무 무섭고 괴로웠다. 나는 설명할 때마다 '저는 구원을 못 받은 사람입니다. 지옥 가는 사람입니다'라고 말을 했는데도 사람들은 계속 듣고 싶어 했다.

성경엔 장님_____이 장님을 인도하면 함께
            (거듭나지 못한 사람)
구렁텅이로 빠진다고 기록되어 있기에_____ 난
                                    (누가복음 6:39)
멈추고 싶었지만, 사람들이 거듭나는 일이 계속 일어나니 멈출 수가 없었다. 하나님이 함께하시지 않으면 사람이 거듭날 수 없다고 기록되어 있기 때문이다_____.
                                        (사도행전 11:21)
그래서 난 할 수 없이 '하나님은 당나귀를 통해서도 말씀을 전하셨으니 난 당나귀 같은 존재인가보다'_____
                                            (민수기
____라며 애써 마음을 다잡아보았다.
22:28)
그럼에도 불구하고 내 마음은 점점 괴로워졌다. 특히 내가 설명을 해서 구원을 받은 사람이 나에게 '근데 당신은 왜 이게 안 믿어지세요?'라고 물어볼 때 창피해서 죽을 것 같았다. 나는 '예수님이 여러분의 죄를 다 짊어지고 가셨어요'라고 설명하면서도 정작 나 자신은

그 '여러분' 속에 들어 있다는 게 믿어지지 않았다. 성경은
구원받은 사람들을 새 생명으로 표현하며 젖_____을
(성경 말씀)
먹어야 한다고 되어 있기에, 할 수 없이 우리 집에서
정기적으로 모이기 시작했다. 교회를 다니시던 분들
중에는 구원을 받고 원래 교회로 돌아가시는 분들도
있었지만, 우리 모임에서 계속 공부하고 싶다는 분들도
많아 우린 장소를 조금씩 큰 곳으로 옮겨다녀야 했다.
인원이 몇십 명이 되면서 구원도 못 받은 나를 중심으로
교회가 형성되어버렸고 난 그 속에 꼼짝달싹할 수 없이
갇혀버렸다. 자신 있게 하나님의 말씀을 전할 수도 없었고,
그렇다고 도망갈 수도 없었다. 내가 할 수 있는 건 불안과
두려움 속에서 기도하는 것뿐이었다.

God, please guide me...

Born

12

드디어 믿어지다(2017)

7년간 아무리 성경을 열심히 공부하고, 계속 기도하고, 세속적인 생활을 다 버려도 믿음은 오지 않았다. 내 마음속 성경에 대한 의심이 사라지질 않았다. 그래서 나는 '하나님이 죽기 전에는 구원해주시겠지' 하는 심정으로 포기한 채 살고 있었는데, 2017년 4월 어느 날 밤, 히브리서 10장 10절,

> 이 뜻을 따라 예수 그리스도의 몸을
> 단번에 드리심으로 말미암아
> 우리가 거룩함을 얻었노라

라는 구절을 읽는데 갑자기 '우리'라는 말 속에 내가

들어 있다는 것을 알았다. 물론 그 전에도 알고 있었지만 처음으로 사실로 느껴졌고, '**거룩함을 얻었다**'라는 것이 믿어졌다. 머리로 이해하고 있었던 것이 마음에서 사실로 믿어진 것이다. 그것은 정말 믿으려고 애쓰는 것과 믿어져버린 것의 차이였다.

그런데 한 가지 나를 불안하게 만드는 것이 있었다. 그동안 내 주변에서 거듭나는 사람들을 보면 감격해서 울거나, 너무 좋아 웃거나, 가슴이 뜨거워졌다고 하거나, 이제 죽음이 무섭지 않다며 확신에 찬 모습들을 보였는데 난 아무런 감정의 변화도 없었기 때문이다. 그냥 히브리서 10:10 의 '**우리**'란 말 속에 나도 들어 있다는 깨달음뿐이었다. 누가복음 24:32 처럼 가슴이 뜨겁지도, 이사야 12:1~3 처럼 기쁨이 넘치지도, 사도행전 8:36 처럼 자신감이 넘쳐나지도 않았다. 그래서 난 나의 구원에 대해 아무에게도 말하지 않고 계속 성경을 통해 확인해봤다.

Q: 아직도 의심이 남아 있는가?

A: 이제 이게 사실이 아니면 그건 하나님 책임이다.

증거: 나 곧 나는 여호와라 나 외에 구원자가 없느니라
—이사야 43장 11절

Q: 만약 죽었는데 죄가 남아 있다며 지옥에 보내시면
어떡하지?

A: 히브리서 10장 10절에 내가 거룩하게 되었다고
약속되어 있다.

증거: (……) 주는 항상 미쁘시니 자기를 부인하실 수
없으시리라 —디모데후서 2장 13절

Q: 믿어지긴 했는데 왜 이렇게 간단하지?

A: 모든 일은 하나님이 2천 년 전에 미리 다 해놓으신
것이기에.

증거: 사랑은 여기 있으니, 우리가 하나님을 사랑한 것이
아니요, 하나님이 우리를 사랑하사 우리 죄를 속하기
위하여 화목 제물로 그 아들을 보내셨음이라

—요한일서 4장 10절

난 내가 구원을 받았다는 것을 알았다. 그러자 성경이
다르게 보였다. 성경의 모든 내용이 나와 하나님 사이의
이야기란 것을 알았다.

그는 허물과 죄로 죽었던 너희를 살리셨도다

(……) 전에는 우리도 다 그 가운데서

우리 육체의 욕심을 따라 지내며 육체와 마음의

원하는 것을 하여 다른 이들과 같이

본질상 진노의 자녀이었더니,

긍휼이 풍성하신 하나님이 우리를 사랑하신

그 큰 사랑을 인하여 허물로 죽은 우리를

그리스도와 함께 살리셨고

(너희는 은혜로 구원을 받은 것이라), 또 함께 일으키사

그리스도 예수 안에서 함께 하늘에 앉히시니 (……)

너희는 그 은혜에 의하여 믿음으로 말미암아

구원을 받았으니, 이것은 너희에게서 난 것이

아니요 하나님의 선물이라. 행위에서 난 것이

아니니 이는 누구든지 자랑하지 못하게 함이라

—에베소서 2장 1~9절

나는 드디어 마음의 평화를 얻었다. 하나님의 눈에
나는 죄가 하나도 없는 의인이었다. 내가 나 자신을 보면
여전히 죄가 많지만, 또 앞으로 살아가면서 죄를 짓기도
하겠지만, 그 모든 것이 예수님의 희생으로 처리되었다는
것이 마음에서 믿어졌다. 2010년 처음으로 성경을 펴고
7년이라는 시간이 지나 참평화와 참자유를 얻게 되니
너무나도 소중하게 느껴졌다. 그리고 이걸 최대한 많은

사람에게 전하고 싶었다. 이 평화는 세상 어떤 것으로도
얻을 수 없기 때문이다.

> 평안(peace)을 너희에게 끼치노니
> 곧 나의 평안(peace)을 너희에게 주노라.
> 내가 너희에게 주는 것은 세상이
> 주는 것과 같지 아니하니라. 너희는
> 마음에 근심하지도 말고 두려워하지도 말라
> —요한복음 14장 27절

　　성경에서 하나님이 구원해주시는 사람들을 보면
'어린아이 같은 마음', '가난한 마음', '상처받은 마음', '절박한
마음'을 갖고 있는데, 난 그중 어느 것도 갖고 있지
않았기 때문에 구원을 받기가 힘들거라고 생각하고
있었다. 스스로 내가 얼마나 위선적인 사람인지 알고
있었기 때문에 더더욱 그랬던 것 같다. 그러나 그것은
정말 어처구니없는 생각이었다. 하나님이 보시기에는
착한 사람이나 악한 사람이나 그저 죄 속에서 신음하는
인간일 뿐인 것이고, 하나님께서는 그 모든 사람들을
다 사랑하시기에 그들의 죄를 다 책임져주신 것이다.
그 희생은 이미 나를 위해 2천 년 전에 치뤄진 것이었다.

이제는 하나님이 짊어지고 가신 죄들 중에서 내 죄를 빼
보려고 해도 되지 않았다. 예수님은 내 모든 죄를 위해
나 대신 돌아가셨고, 그 이유는 나를 너무 사랑하시기
때문이었다. 내가 꿈꾸던 '완전하고 영원한 사랑'은
하나님이 나에게 주고 계셨던 것이다.

I'm saved.

12. Born
—드디어 밝혀지다
(2017)

구원

13

누가 천국에 가는가?

내 마음에 생겼던 빈 공간은 알고 보니 몰랐기
때문이었다. 왜 태어났는지 몰랐고, 왜 사는지 몰랐고,
죽어서 어디로 가는지 몰랐기 때문에. 이 상태로
하루하루 죽음을 향해 걸어가니 어떻게 빈 공간이 없을
수 있겠는가? 하지만 성경에서 이 답들을 찾고, 그것이 내
마음속에서 온전히 믿어진 후 빈 공간은 사라졌다. 답들을
알았을 때 사라진 것이 아니라, 믿기로 결심했을 때
사라진 것이 아니라, 믿어졌을 때 사라졌다. 그래서 나는
아직까지 불안하고 흔들리는 믿음을 가진 채 살아가고
있는 사람에게 내 마음속에 갖게 된 평화에 대해 꼭
말하고 싶다.

이 참평화를 주는 완전한 믿음을 갖게 되는 것이

구원인데, 거창한 단어 같지만 영어로는 'salvation', 'save'의 명사형일 뿐이다. (save란 단어가 영어에서 자주 쓰이는 단어이므로 성경에서 구원을 의미하지 않을 때도 있다.) 우리가 save 되어야 한다는 말은 우리가 위험한 상황에 놓여 있다는 것을 의미하는데 여기엔 한 명도 예외가 없다.

> (······) 하나님은 모든 사람이 구원을 받으며
>
> 진리를 아는 데에 이르기를 원하시느니라
>
> —디모데전서 2장 3~4절

그럼 우리 인간은 어떤 위험한 상황에 놓여 있단 말인가? 죽음이 언제 올지 모르는 상황에 놓여 있기에, 하루라도 빨리 이 죽음이라는 문제에 대한 해답을 찾아야 하는 것이다. 다시 말해 천국 (사실은 하나님 나라) 에 갈 수 있게 되어야 하는 것인데, 문제는 성경이 말하는 천국에 가는 방법이 우리 상식과 너무나도 다르다는 데 있다. 우리 사고의 체계를 무너뜨려야만 이해할 수 있다.

> 이는 내 생각이 너희 생각과 다르며,
>
> 내 길은 너희 길과 다름이니라.
>
> 여호와의 말씀이니라.

그래서 나는 아직까지 불안하고

흔들리는 믿음을 가진 채 살아가고 있는 사람에게

내 마음속에 갖게 된 평화에 대해 꼭 말하고 싶다.

이는 하늘이 땅보다 높음 같이

내 길은 너희의 길보다 높으며,

내 생각은 너희의 생각보다 높음이니라

—이사야 55장 8~9절

성경에서 말하는, 천국에 가는 조건을 이해하기 힘든 이유를 세 가지만 꼽아보자면,

첫째, 하나님이 시간 바깥에 계시는 분이라는 점이다.

하나님은 우리의 미래를 다 알고 계시기에 우리가 이미 지은 죄나, 앞으로 지을 죄를 동일하게 그냥 '죄'라고 표현하는데, 우리는 그 둘을 계속 나누어 생각한다. 하나님께서 "내가 너의 모든 죄를 다 용서하였다"라고 말씀하시면 과거에 지은 죄들과 앞으로 지을 죄들을 모두 용서하셨다는 뜻인데, 우리는 우리가 지금까지 지은 죄만 용서받았다고 생각한다. 시간 속에서 평생 살아온 인간이 시간을 초월한 하나님의 일을 이해하는 것이 정말 어렵다.

둘째, 천국에 가는 것이 우리 행동과 아무 상관이 없다는 점이다.

하나님에겐 작은 죄나 큰 죄나 모두 죄이고, 죄를 많이 지은 사람이나 조금 지은 사람이나 똑같이 죄인이다. 따라서, 남들에 비해 죄를 많이 안 지었다고 그 사람이

의인이 되는 것이 아니다. 죄가 하나라도 있으면 죄인이요,
죄가 하나도 없어야 의인이기 때문이다.

셋째, 인간의 모든 죄는 다른 인간에게 지은 것이
아니라 하나님 앞에 지은 것이라는 점이다.

죄인이라는 신분을 없애줄 최종권한은 하나님께 있다.
생각해보면 세상의 법도 그렇게 되어 있다. 내가 다른
사람을 때리면, 폭행을 금지한 국가의 법을 어긴 것이다.
따라서 맞은 사람이 날 용서해준다고 해도 죄가 사라지지는
않는다. 피해자와 합의를 하면 정상참작은 되지만, 국가가
사면을 해야만 죄인의 신분에서 벗어나는 것이다.

이런 이해하기 어려운 점들 때문에 성경의 메시지는
끝없이 왜곡되어져왔고, 또 계속 왜곡되고 있다. 그럼 정말
성경이 말하는 구원은 무엇일까?

> 진리를 알지니 진리가 너희를 자유롭게 하리라
>
> —요한복음 8장 32절

인간의 조상 아담은 하나님의 말씀을 어기고 죄를
지음으로써 영원한 존재에서 죽는 존재로 바뀌었다. 이때
육체 즉, 피가 저주를 받았는데, 모든 인간은 이 저주받은
피, 오염된 피를 물려받아 태어나는 바람에 죄를 지을

수밖에 없는 죄인으로 태어나는 것이다.

죄를 지어서 죄인이 아니라, 죄인이기에 죄를 짓는 것이다.
사과가 열려서 사과나무가 아니라, 사과나무이기에 사과가
열리는 것이다.

모든 인간은 죽고 나면 심판을 받게 된다. 이 심판의
기준은 단순한데, 죄가 하나라도 있으면 천국에 갈 수 없다.
하나님은 정의로운 왕이시기에 죄인을 보면 처벌할 수밖에
없기 때문이다. 죽음 뒤의 세상은 하나님과 함께 사는 천국,
하나님 없이 사는 지옥, 이 두 곳밖에 없기에 하나님과
함께 살지 못한다는 것은 곧 지옥에 가는 것을 의미한다.

한 번 죽는 것은 사람에게 정해진 것이요,

그 후에는 심판이 있으리니

—히브리서 9장 27절

누구든지 온 율법을 지키다가

그 하나를 범하면 모두 범한 자가 되나니

—야고보서 2장 10절

죄의 삯은 사망이요 (······)

—로마서 6장 23절

그렇기 때문에 사람이 행동을 올바르게 해서 천국에 갈 확률은 없다.

기록된 바 의인은 없나니 하나도 없으며

—로마서 3장 10절

그러므로 율법의 행위로

그의 앞에 의롭다 하심을 얻을 육체가 없나니,

율법으로는 죄를 깨달음이니라

—로마서 3장 20절

그래서 의인이 되는 유일한 방법은 죄를 안 짓는 것이 아니라 죄를 모두 용서받는 것이다. 그렇다면 어떻게 해야 죄를 모두 용서받을 수 있다는 말인가?

예수님은 2천 년 전 이 땅에 오실 때 나란 사람이 언제 태어날지, 그리고 평생 어떤 죄들을 지을지 다 알고 계셨다. 하나님은 시간 밖에 계시기 때문이다. 그렇기에

하나님은 나의 인생을 내가 태어나기도 전에 전부 미리
책에 기록해놓으셨다고 되어 있다.

> 내 형질이 이루어지기 전에 주의 눈이 보셨으며,
>
> 나를 위하여 정한 날이 하루도 되기 전에
>
> 주의 책에 다 기록이 되었나이다
>
> —시편 139장 16절

    그렇기 때문에 예수님은 자기 제자 가룟 유다가
자기를 배신할 것을 미리 아셨고 _(요한복음 6:70), 베드로가
자기를 부인할 것도 미리 알고 계셨던 것이다 _(마태복음 26:34).
    단, 여기서 명심해야 할 것은 하나님이 우리 미래를
알고 계시는 것이지, 정해놓은 게 아니라는 것이다. 우리의
미래는 순전히 우리의 자유의지, 우리의 선택에 의해
결정된다. 하나님은 그 결과를 미리 아시는 것뿐이다.
만일 우리 미래가 정해져 있다면, 우리의 인생의 모든
일도 우리의 선택에 의한 것이 아니므로 하나님은 우리를
천국이나 지옥에 보내실 명분이 없다.
    '모든 인간의, 모든 죄'를 하나님은 미리 알고
계셨기 때문에, 그 모든 죄를 자신의 분신인 예수님께
뒤집어씌워서 우리 대신 벌을 받게 하실 수 있었던

것이다. 이 '모든 인간의 모든 죄'를 성경은 '세상 죄',
'땅의 죄'라고 말한다.

> 이튿날 요한이 예수께서
>
> 자기에게 나아오심을 보고 이르되,
>
> "보라 세상 죄를 지고 가는
>
> 하나님의 어린 양이로다"
>
> ─요한복음 1장 29절

> 만군의 여호와가 말하노라
>
> "(……) 이 땅의 죄악을 하루에 제거하리라"
>
> ─스가랴 3장 9절

이 '세상 죄' 안에는 당연히 내 죄도 들어 있기에,
예수님께서 십자가에 돌아가실 때 내 모든 죄는 처리된
것이다. 내가 아직 짓지 않은 미래의 죄들까지도. 만일
그게 아니라면 성경은 '죄로부터 해방되었다', '죄로부터
자유롭게 되었다'라는 표현은 사용하지 않았을 것이다.

예수께서 대답하시되,

"진실로 진실로 너희에게 이르노니

죄를 범하는 자마다 죄의 종이라"

—요한복음 8장 34절

하나님께 감사하리로다.

너희가 본래 죄의 종이더니, 너희에게

전하여 준 바 교훈의 본을 마음으로 순종하여

죄로부터 해방되어 의에게 종이 되었느니라.

그러나 이제는 너희가 죄로부터 해방되고

하나님께 종이 되어 거룩함에 이르는

열매를 맺었으니, 그 마지막은 영생이라

—로마서 6장 17~18, 22절

근데 하나님께서는 도대체 왜 이런 일을 하셨을까? 왜 인간의 몸으로 와 나 대신 벌을 받으셨을까? 그건 하나님이 우리 진짜 아버지이시기 때문이다. 하나님은 이 세상 생물들을 만드실 때 유일하게 인간만 자신의 모습을 닮게 만드셨다.

하나님이 자기 형상,

곧 하나님의 형상대로 사람을 창조하시되 (······)

—창세기 1장 27절

　그리고 지금까지도 우리를 한 명, 한 명 어머님의 배 속에서 만들고 계신다. 부모님은 우리를 낳고 길러주었지만 실제로 배 속에서 우리를 만들어주신 분은 하나님이시다.

주께서 내 내장을 지으시며

나의 모태에서 나를 만드셨나이다.

내가 주께 감사하옴은 나를 지으심이

심히 기묘하심이라 (······)

—시편 139장 13~14절

　하나님이 인간을 만든 이유는 사람이 자식을 낳는 이유와 같다. 사랑을 부어주고 싶어서이다. 하지만 우리가 그 사랑을 받으려면 먼저 깨달아야 하는 것이 있다. 주님이 우리를 위해 자신의 목숨을 대신 내어준 부모님이라는 사실이다. 대가를 지불하고 무언가를 되찾아오는 것을 '구속'이라고 하고, 그것을 누가 대신해주는 것을 '대속'이라고 한다. 예수님께서 우리 죗값을 대신

치뤄주시고 대속해주셨다는 기쁜 소식을 '복음'이라고
한다. 따라서 이 복음은 부모가 자식의 모든 죄를 대신
벌받은 후에 남긴 약속이다. 그럼 이 약속들을 보자.

내가 네 허물을 빽빽한 구름같이,

네 죄를 안개같이 없이하였으니(지워버렸으니)

너는 내게로 돌아오라. 내가 너를 구속하였음이니라

—이사야 44장 22절

'또 그들의 죄와 그들의 불법을

내가 다시 기억하지 아니하리라' 하셨으니,

이것들을 사하였은즉 다시 죄를 위하여

제사 드릴 것이 없느니라

—히브리서 10장 17~18절

(……) 주께서 내 영혼을 사랑하사

멸망의 구덩이에서 건지셨고 내 모든 죄를

주의 등 뒤에 던지셨나이다

—이사야 38장 17절

여호와께서 말씀하시되

"오라 우리가 서로 변론하자 너희 죄가

주홍 같을지라도 눈과 같이 희어질 것이요.

진홍같이 붉을지라도 양털같이 희게 되리라."

—이사야 1장 18절

하나님이 죄를 알지도 못하신 이를

우리를 대신하여 죄로 삼으신 것은 우리로 하여금

그 안에서 하나님의 의가 되게 하려 하심이라

—고린도후서 5장 21절

친히 나무에 달려 그 몸으로 우리 죄를

담당하셨으니, 이는 우리로 죄에 대하여

죽고 의에 대하여 살게 하려 하심이라.

그가 채찍에 맞음으로 너희는 나음을 얻었나니

—베드로전서 2장 24절

그가 찔림은 우리의 허물 때문이요,

그가 상함은 우리의 죄악 때문이라.

그가 징계를 받으므로 우리는 평화를 누리고,

그가 채찍에 맞으므로 우리는 나음을 받았도다

—이사야 53장 5절

이렇게 우리의 모든 죄를 다 처리해놓고 기다리고 계시기에, 우리는 이 사실을 깨닫고 믿기만 하면 되는 것이다. 결국 지옥에 가게 되는 이유도 이 사실을 믿지 않기 때문이다.

죄에 대하여라 함은,

그들이 나를 믿지 아니함이요

—요한복음 16장 9절

따라서 이 복음이 마음에서 완전히 사실로 믿어졌다면 지옥에 갈 죄가 하나도 없는 것이다. 이것을 우리는 '구원'이라고 한다. 이렇게 구원은 하나님의 약속이 믿어지는 것이기에, 성경엔 구원받은 사람들이 '약속을 가진 자들'로 표현되어 있다.

> 그런즉 사랑하는 자들아, 이 약속을 가진 우리는
> 하나님을 두려워하는 가운데서
> 거룩함을 온전히 이루어 육과 영의
> 온갖 더러운 것에서 자신을 깨끗하게 하자
> —고린도후서 7장 1절

약속을 '받기 위해' 올바르게 사는 것이 일반 종교의 교리라면, 약속을 '받아놓고' 올바르게 살자는 것이 성경이 말하는 진리이다. 이것이 일반적인 종교가 주는 구속과 성경이 주는 자유의 차이이다.

> 내가 진실로 진실로 너희에게 이르노니,
> 내 말을 듣고 또 나 보내신 이를 믿는 자는
> 영생을 얻었고 심판에 이르지 아니하나니,
> 사망에서 생명으로 옮겼느니라
> —요한복음 5장 24절

그리고 그제야 우리는 '의롭게 됐다', '거듭났다', '하나님의 자녀가 됐다', '자유케 됐다', '성령을 받았다', '영생을 얻었다', '평화를 얻었다' 등의 표현을 쓸 수 있다. 그래서 이런 믿어지는 순간이 오기 전에는 하나님을

'아버지'로 불러서는 안 되는 것이다.

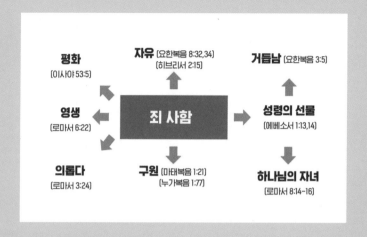

위의 표 안에 있는 성경 구절들을 자세히 살펴보면
주위에 있는 모든 표현들은 가운데 있는 죄사함, 즉
죄를 완전히 용서받음으로써 성취된다는 것을 알 수
있다. 따라서 자신의 과거 죄와 미래 죄 모두를 완전히
용서받았다는 것이 마음에서 확실히 믿어지지 않은
사람들은 위의 표 안에 있는 모든 표현들과 관련이 없는
것이다.

믿음

14

믿는 것과 믿어지는 것의 차이

마음속에 있던 의심이 사라지면서 복음이 완전히 믿어지는 믿음은 인간이 결심하고 노력한다고 생기는 것이 아니다. 이런 완전한 믿음은 인간 안에 없기 때문이다. 이것은 오직 하나님이 어느 순간 말씀을 통해 넣어주실 때만 가능하다. 그래서 성경을 자세히 보면 믿음은 '인간의 믿음'과 '말씀을 통해 주어지는 믿음', 이렇게 두 가지가 있다는 것을 알 수 있다.

그러므로 예수께서 자기를 믿은

유대인들에게 이르시되 (……)

(……) "어찌하여 나를 믿지 아니하느냐"

—요한복음 8장 31, 46절

곧 그 아이의 아버지가 소리를 질러 이르되

"내가 믿나이다. 나의 믿음 없는 것을

도와주소서" 하더라

—마가복음 9장 24절

복음에는 하나님의 의가 나타나서

믿음으로 믿음에 이르게 하나니,

기록된 바 '오직 의인은 믿음으로

말미암아 살리라' 함과 같으니라

—로마서 1장 17절

만일 믿음이 두 가지 종류가 아니라면 위의 세 구절은 논리적으로 말이 되지 않는다. 그래서 위에 있는 구절들 속 '믿음'을 편의상 '믿음1'과 '믿음2'라고 하고 위 구절들을 다시 한번 살펴보자.

그러므로 예수께서 자기를 믿은[1]

유대인들에게 이르시되 (……)

(……) "어찌하여 나를 믿지[2] 아니하느냐"

—요한복음 8장 31, 46절

곧 그 아이의 아버지가 소리를 질러 이르되

"내가 믿나이다[1]. 나의 믿음[2] 없는 것을

도와주소서" 하더라

—마가복음 9장 24절

복음에는 하나님의 의가 나타나서 믿음[1]으로

믿음[2]에 이르게 하나니, 기록된 바 '오직 의인은

믿음[2]으로 말미암아 살리라'함과 같으니라

—로마서 1장 17절

이렇게 표시해놓으니 이제 말이 된다. 또 알 수 있는 것은, 믿음1만으로는 천국에 갈 수 없다는 것이다.

유월절에 예수께서 예루살렘에 계시니

많은 사람이 그의 행하시는 표적을 보고

그의 이름을 믿었으나[1], 예수는 그의 몸을

그들에게 의탁하지 아니하셨으니 (……)

—요한복음 2장 23~24절

예수님의 제자들 역시 예수님이 돌아가시기 전에

예수님을 하나님의 아들이라고 믿고 따랐지만, 그때는
사실 진정으로 믿은 것이 아니라고 말하고 있다. 즉
믿음1은 있었지만 믿음2는 없었던 것이다.

> (예수께서) 죽은 자 가운데서 살아나신 후에야
> 제자들이 이 말씀하신 것을 기억하고
> 성경과 예수께서 하신 말씀을 믿었더라[2]
> —요한복음 2장 22절

믿음1은 인간이 믿기로 결심하는 것, 믿으려 노력하는
것, 즉 인간 안에 있는 믿음이다. 믿음2는 어느 순간
믿어져버리는 것, 안 믿으려 해도 안 되는 것, 즉 하나님이
말씀을 통해 주시는 믿음이다. 믿음1은 본인이 믿으려고
결심하는 능동적인 행위인 반면, 믿음2는 본인에게
일어나야 하는 수동적인 사건이다. 그래서 성경은 믿음2를
설명할 때 모두 하나님께서 주시는 형태로 표현되어 있다.

> 사랑하는 자들아 우리가 일반으로 받은 구원
> (common salvation)에 관하여 내가 너희에게
> 편지하려는 생각이 간절하던 차에, 성도에게
> 단번에 주신 믿음[2]의 도를 위하여 힘써 싸우라는

편지로 너희를 권하여야 할 필요를 느꼈노니

—유다서 1장 3절

믿음²이 온 후로는 우리가

초등교사 아래 있지 아니하도다

—갈라디아서 3장 25절

우리 주 예수 그리스도의 하나님,

영광의 아버지께서 지혜와 계시의 영을

너희에게 주사 하나님을 알게 하시고,

너희 마음의 눈을 밝히사

그의 부르심의 소망이 무엇이며,

성도 안에서 그 기업의 영광의 풍성함이 무엇이며,

그의 힘의 위력으로 역사하심을 따라

믿는 우리에게 베푸신 능력의

지극히 크심이 어떠한 것을

너희로 알게 하시기를 구하노라

—에베소서 1장 17~19절

14. 믿음
—믿는 것과 믿어지는
것의 차이

이에 그들의 마음을 열어 성경을 깨닫게 하시고

—누가복음 24장 45절

(⋯⋯) 하나님을 섬기는 루디아라 하는 한 여자가

말을 듣고 있을 때, 주께서 그 마음을 열어

바울의 말을 따르게 하신지라

—사도행전 16장 14절

따라서 믿음1은 원하는 때에 가질 수 있는 반면, 믿음2는 하나님께서 주실 때까지 기다릴 수밖에 없다. 주어지기 전까지는 아무리 가지려 해도 가질 수 없는 것이다. 그래서 성경에는 믿음의 완성자가 자신이 아니라 예수님___이라 말하는 것이다.
(말씀)

믿음의 주요, 또 온전하게 하시는 이(finisher)인

예수를 바라보자(⋯⋯)

—히브리서 12장 2절

만일 어떤 목사님이 거듭남, 즉 구원을 인간이 결심을 하고 노력을 하면 곧바로 얻을 수 있는 것처럼 설명하면,

그건 아마도 주시는 믿음____을 받아본 경험이 없기
_(믿음2)
때문일 것이다.

　자신의 의지나 결심만으로 구원을 받을 수 없다는
말은 의지와 결심이 없어도 된다는 얘기는 아니다. 성경
말씀을 통해 자신이 구원받아야 할 죄인이라는 것을 깨닫고
고백하는 것을 회개라고 하는데, 구원을 받으려면 이 회개는
반드시 필요하다. 하지만 이 회개를 구원이라고 말하면
안 된다. 회개를 한 상태에서 하나님께 구원의 기도를
하다 보면, 언젠가 말씀을 통해 주어지는 완전한 믿음이
있기 때문이다. 이 완전한 믿음이 생기는 것이 구원인데,
회개를 하자마자 바로 구원을 받는 사람도 있고, 나처럼
7년이라는 긴 시간을 매달리다 받는 사람도 있는 것이다.

회개 ＝ 구원 (X)

회개 ⟹ 구원 (O)

　회개와 구원 사이에 존재하는 것이 약속이다. 하나님의
죄사함의 약속이 마음에서 믿어지는 것이 구원이기
때문이다. 이것이 완전히 사실로 믿어져야만 죽음에 대한
두려움이 없어진다. 반대로 믿음1만 가진 사람은 마음속에
확신이 없기 때문에 자유/평화/기쁨이 오지 않는다.

또 죽기를 무서워하므로 한평생 매여

종노릇하는 모든 자들을 놓아주려 하심이니

—히브리서 2장 15절

이로써 사랑이 우리에게 온전히 이루어진 것은

우리로 심판 날에 담대함을 가지게 하려 함이니

(……) 사랑 안에 두려움이 없고 온전한 사랑이

두려움을 내쫓나니 (……) 두려워하는 자는

사랑 안에서 온전히 이루지 못하였느니라

—요한일서 4장 17~18절

위의 말씀들을 보면 '예수님이 날 위해 돌아가셨다'는
하나님의 사랑이 내 마음에서 온전히 믿어지면 죽음
후에 있을 심판이 더 이상 두렵지 않게 된다고 쓰여 있다.
그래서 이 특별하고 신기한 믿음을 '하나님의 선물'이라고
부른다.

너희는 그 은혜에 의하여 믿음으로 말미암아

구원을 받았으니 이것이 너희에게서

난 것이 아니요, 하나님의 선물이라.

행위에서 난 것이 아니니, 이는 누구든지

자랑하지 못하게 함이라

—에베소서 2장 8~9절

그래서 예수님께서는 이 믿음2를 설명하시기 위해 '거듭난다(born again)'라는 표현을 쓰셨다.

예수께서 대답하시되 "진실로 진실로 네게

이르노니, 사람이 물과 성령으로 나지 아니하면

하나님의 나라에 들어갈 수 없느니라"

—요한복음 3장 5절

위의 구절에서 물은 하나님 말씀을 의미하고(에베소서 5:26, 아모스 8:11) 성령은 이 세상에서 안 보이게 일하고 계신 하나님의 영이다. 그럼 예수님께서는 왜 변화한다(Change)는 말 대신 태어난다(Born)는 말을 사용하셨을까? 그것은 두 단어가 완전히 다른 속성을 가지고 있기 때문이다.

'태어남'의 특징은,

본인의 의지로 되는 게 아니며

아버지가 누구인지는 영원히 바뀌지 않으며

어느 한순간에 일어나는 일이며
부모의 씨가 필요하다.

'변화'의 특징은,
본인의 의지로 할 수 있으며
변화 전의 상태로 되돌아갈 수도 있으며
일정 기간에 걸쳐 점진적으로 일어날 수 있으며
부모의 씨를 필요로 하지 않는다.

	태어남 (Born)	변화 (Change)
의지로 될 수 있다	X	O
되돌릴 수 있다	X	O
한순간에 일어난다	O	X
씨앗이 필요하다	O	X

너무나 많은 교회와 성당에서 마음속 한구석에
의심이 남아 있는 믿음, 즉 불안한 믿음을 가진
사람들끼리 세례를 주고받으며 서로를 위로하고 있다.
이것이 성령이 거하지 않는, 즉 생명이 없는 교회의
모습이다. 그렇다면 생명이 있는 교회의 모습은 어떠한지
다음 장에서 얘기하도록 하겠다.

참교회

15

어떻게 구별하는가?

우리는 보통 교회를 선택할 때 가장 먼저 보는 것이
목사님의 인품과 성경지식일 것이다. 하지만 성경은 경고한다.

> 그런 사람들은 거짓 사도요 속이는 일꾼이니,
> 자기를 그리스도의 사도로 가장하는
> 자들이니라. 이것은 이상한 일이 아니니라.
> 사탄도 자기를 광명의 천사로 가장하나니
> —고린도후서 11장 13~14절

우리 눈에 정말 훌륭한 목사님, 신부님들 중에도
사탄의 일꾼이 존재한다는 경고이다. 그럼 무엇을 보고
진짜 교회, 생명이 있는 교회인지 알 수 있을까? 그것은

바로 거듭남, 즉 생명의 탄생이다. 그것이 하나님이
성경을 인간에게 준 이유이기에 진정한 교회라면 생명을
얻는 사람들, 즉 구원받는 사람들이 계속 생겨나야 하는
것이다. 많은 사람들이 성경이 위로와 교훈을 주기 위해
쓰인 책이라고 오해하고 있는데, 성경은 우리에게 생명, 즉
영원한 생명을 주기 위해 쓰인 책이다.

나더러 주여 주여 하는 자마다 다 천국에
들어갈 것이 아니요, 다만 하늘에 계신
내 아버지의 뜻대로 행하는 자라야 들어가리라
—마태복음 7장 21절

내 아버지의 뜻은 아들을 보고 믿는 자마다
영생을 얻는 이것이니 (⋯⋯)
—요한복음 6장 40절

너희가 성경에서 영생을 얻는 줄 생각하고
성경을 연구하거니와 (⋯⋯)
—요한복음 5장 39절

오직 이것을 기록함은 너희로 예수께서 하나님의

아들 그리스도이심을 믿게 하려 함이요, 또 너희로

믿고 그 이름을 힘입어 생명을 얻게 하려 함이니라

—요한복음 20장 31절

훌륭한 목사님이 정직하고 올바르게 이끌어가시는데
복음이 잘못되어 있는 교회를 많이 봤다. 성경지식들을
가르쳐주고, 감동과 위로를 주고, 올바른 삶의 모습으로
본보기까지 되어주는데, 복음이 잘못되어 있어 생명이
태어나지 않는 것이다. 그래서 성경에는 이런 말씀이 있다.

그리스도 안에서 일만 스승이 있으되

아버지는 많지 아니하니, 그리스도 예수 안에서

내가 복음으로써 내가 너희를 낳았음이라

—고린도전서 4장 15절

성경을 가르치는 데서 끝나면 안 되고, 사람이
거듭나도록 해야 한다는 말씀이다. 이 세상에서 교회라고
하면 장소를 의미하지만, 성경에서의 교회는 거듭난
사람들의 집단을 의미한다. 이 거듭난 사람들이 모여서
다른 사람들을 거듭나게 하는 곳이 참교회이기에, 결국

복음이 정확한지가 가장 중요한 판단 기준이 되어야 하는
것이다. 그런데 성경에는 이런 참교회가 가짜교회에 비해
훨씬 적을 것이라고 기록되어 있다.

딴 사람이 여짜오되,

"주여, 구원을 받는 자가 적으니이까?"

그들에게 이르시되, "좁은 문으로

들어가기를 힘쓰라. 내가 너희에게 이르노니

들어가기를 구하여도 못하는 자가 많으리라"

—누가복음 13장 23~24절

좁은 문으로 들어가라. 멸망으로

인도하는 문은 크고 그 길이 넓어

그리로 들어가는 자가 많고, 생명으로 인도하는

문은 좁고 길이 협착하여 찾는 이가 적음이라.

—마태복음 7장 13~14절

당신의 교회나 성당은 이 '좁고 협착해서 찾는 사람이
적은 길'이 맞는 것 같습니까? 앞의 13, 14장의 내용을
기준으로 올바른 복음의 네 가지 특징을 정리해보았다.

당신의 교회는 다음과 같이 가르칩니까?

1. 예수님이 대신 짊어지고 가신 죄에는 내가 '지은 죄'뿐 아니라 앞으로 '지을 죄'도 포함되어 있다.

2. 위 사실을 믿기로 결심하는 것과 마음에서 완전히 믿어지는 것은 다르며, 마음에서 완전히 믿어지는 것을 구원이라고 한다.

3. 세례는 마음에서 완전히 믿어진 후에 받는 것이다.

4. 구원은 착한 행실로 얻어지는 것도 아니요, 나쁜 행실로 취소되는 것도 아니다.

　　물론 구원은 사람에 따라 다양한 형태로 나타나지만 그 속엔 분명히 공통점이 있다. 믿음이 없다가, 혹은 믿음1만 가지고 있다가, 어느 순간 말씀을 통해서 믿음2 _____(믿음1/믿음2 14장 참조), 즉 온전한 믿음이 주어진다는 것이다. 그래서 성경은 이것을 '공통된 구원'_____(common salvation) 이라고 표현했고, 그 공통점을 '어느 순간 주신 믿음'이라고 말한다.

> 사랑하는 자들아 우리가 일반으로 받은 구원(common salvation)에 관하여 내가 너희에게 편지하려는 생각이 간절하던 차에, 성도에게 단번에 주신 믿음(once delivered)의

저도를 위하여 힘써 싸우라는 편지로

너희를 권하여야 할 필요를 느꼈노니

—유다서 1장 3절

7년 전에 나에게 편지를 보내신 한 목사님이 있었다. 내가 〈라디오스타〉라는 방송에 나와 '성경이 머리로는 믿어지는데 마음에서 안 믿어진다'고 얘기하는 걸 보시고 나에게 편지를 쓰셨다. 당시에는 용인에서 목회를 하시다가 지금은 목포에서 목회를 하시는 분이신데, 편지를 읽자마자 나는 이 분이 참으로 거듭나신 분이라고 생각할 수밖에 없었다. 본인이 결심을 한다고 바로 구원을 얻을 수 있는 게 아니란 걸 알고 계셨기 때문이다.

저도 정말 믿고 싶었는데 믿어지지 않아 힘들어했던 사람입니다. 그런데 어느 날 로마서 5장 8절 말씀이 믿어 졌습니다.

우리가 아직 죄인 되었을 때에 그리스도께서

우리를 위하여 죽으심으로 하나님께서

우리에 대한 자기의 사랑을 확증하셨느니라

믿어지는 것이 은혜입니다. 내가 믿고 싶다고 해서
믿는다면 내 공로요, 내 행위이기에 또한 내 자만의 요소,
교만의 요소가 될 것입니다만, 하나님의 은혜로 믿어져 지금
그 은혜에 감사하여 이 목회 길을 가고 있습니다.

—용인 민속촌 부근에서 목회하는 임 목사 드림

위의 편지 내용을 보면 믿기로 결심하는 것과 믿어지는
것을 완전히 구분해서 설명하고 계시다. 그래서 나는 이
편지를 7년 동안 잘 간직하고 있었다. 내가 언젠가 구원을
받으면 꼭 연락을 드리고 싶었기 때문이다. 구원을 받고 7년
만에 연락을 드렸더니 목사님은 너무 놀라시면서 서울까지 날
만나러 와주었고, 우리 둘은 밤늦게까지 간증을 주고받으면서
교제를 나눴다. 우린 서로 처음 만난 사람들이었지만 서로의
간증이 우리를 형제처럼 하나로 묶어주었다. 여기서 기독교
역사 속 인물들의 간증들도 한번 살펴보자.

마틴루터Martin Luther의 간증

나는 바울의 로마서를 이해하고자 하는 큰 열정에 사로잡혀
있었다. 그러나 "하나님의 의"_____라는 그
(the justice of God)
한마디가 그 길을 막고 있었다. 왜냐하면 나는 이 "의"라는

말을 하나님께서 의로우신 분이요, 따라서 불의한 사람들을 공정하게 처벌하신다는 뜻으로 받아들이고 있었기 때문이다. 그때 나의 상황으로 말하면, 수도사로서는 털끝만치도 흠잡을 데 없었지만 하나님 앞에서는 여전히 양심의 찔림을 받는 죄인이었기에, 도무지 나의 공로를 가지고 그분의 진노를 누그러뜨릴 자신이 없었다. 그러므로 나는 공정하고 화가 나신 하나님을 사랑하지 않았으며 오히려 증오하고 그분에게 불평을 늘어놓았다. 그러면서도 여전히 나는 바울을 붙들고 늘어지면서 그가 무슨 뜻으로 그런 말을 했는지 알고자 하는 큰 갈망에서 벗어날 수 없었다.

밤낮을 가리지 않고 곰곰이 생각하던 어느 날, 나는 "하나님의 의"와 "의인은 믿음으로 산다"라는 말 사이에 연관이 있다는 사실을 깨달았다. 그때 나는 하나님의 의란 하나님께서 은혜와 순수한 자비를 발휘하신 나머지 오직 우리의 믿음을 보시고 우리를 의롭다 하시는 수동적 의라는 것을 깨달았다. 그 순간 나는 전적으로 거듭나 활짝 열린 문을 통해 낙원에 이른 기분이었다. 성경 전체가 새로운 의미를 지녔으며 전에는 "하나님의 의"가 나를 증오로 가득 채웠지만 이제는 그것이 이루 말할 수 없이 소중하게 되었으며 더 큰 사랑을 불러일으켰다. 바울의 이 구절이 나에게는 천국으로 통하는 문이 된 것이다.

출처: Roland H. Bainton의 《Here I Stand: A Life of Martin Luther》(Mentor, 1950)

존 웨슬리John Wesley의 간증

그가 5월 24일자 자신의 일기에 쓴 글이다.

"저녁이 되어 엘더스게이트 길에 있는 모임에 억지로 갔는데 누군가가 루터가 로마서에 대하여 쓴 서문을 읽고 있었다. 9시 15분 전에 그가 하나님이 그리스도 안에 있는 믿음을 통하여 마음에 일으키는 변화에 대하여 설명하는 동안 내 마음이 신기하게 따뜻해지는 것을 느꼈다. 나는 내가 예수님을 통한, 예수님만을 통한 구원을 믿고 있다는 것을 느꼈다; 그가 내 죄들, 심지어 내 죄들마저 모두 가져가셔서 나를 죄와 죽음의 법으로부터 구원해주셨다는 확신이 내게 주어졌다."

출처: 《존 웨슬리의 일기》(크리스챤다이제스트, 1984)

조지 휫필드George Whitefield의 간증

그러던 중 휫필드는 찰스 웨슬리로부터 스코틀랜드 신학자인 헨리 스쿠걸 _____ (Henry Scougal) 이 쓴 《인간의 영혼 속에 있는 하나님의 생명》이란 책을 읽으면서 자기 자신이 그 생명을 갖고 있지 않음을 알게 되었다. 그는 참된 신앙이 무엇인지 알지 못해 깊은 절망에 빠지게 되었다. 자기가 영원히 잃어버린 자가 될지도 모른다는 이상하고 무서운 두려움에 싸여 기도했다. 그는 거듭남이 절대적으로 필요함을 느끼게 되면서 심각한 영적 전쟁에 돌입하게 되었다.

그러던 어느 날 휫필드는 그동안 읽었던 모든 책들은 옆으로 다 치워둔 채 오직 성경만을 무릎 위에 놓고 묵상하였다. 그는 신약성경의 말씀 한 구절을 읽고 기도하고, 또 말씀 한 구절 읽고 기도했는데 기도 내용은 "하나님이여! 거듭남을 알게 하옵소서! 새 생명이 내게 있는 것을 알게 하옵소서!"라는 것이었다. 그는 음식도 잘 먹지 않았다. 이런 과정 가운데 몸이 약해져서 의사의 권고로 7주 동안을 침상에 누워 있었다. 그러나 침상에서도 그는 매일 자신의 죄를 회개하며 "하나님이여, 새 생명을 알게 하옵소서!"라고 간절히 구하였다. 그때 하나님의 역사가 일어났다. 자기 힘과 노력으로는 아무것도 할 수 없다고 느끼던 어느 날, 더 이상 수고할 힘조차 없을 바로 그때, 하나님께서 로마서 8:15~16 말씀을 통해 은혜의 빛을 그에게 비추시기 시작했다. 그는 그 거듭남의 체험을 이렇게 고백했다. "하나님께서는 그 무거운 짐을 치워주사 나로 하여금 살아 있는 믿음으로 그분의 존귀하신 아들을 붙잡을 수 있게 하셨다. 오! 죄의 무게가 사라지고 수심에 잠긴 내 영혼에 하나님의 사랑에 대한 의식이 자리잡게

되었다. 내 영혼은 얼마나 큰 기쁨으로 가득하였던지 말로
설명할 수 없는 기쁨이었다. 영광으로 가득 찬 기쁨이었다.
그날은 영원히 기억에 남을 날이었다. 분명히 내 기쁨은
마치 홍수처럼 강둑을 넘쳐 범람하였다."

출처: 아놀드 델리모어의 《George Whitefield: 18세기의 위대한 복음전도자》(복있는사람, 2015)

보다시피 나의 간증, 임 목사님의 간증, 루터, 웨슬리,
휫필드의 간증은 모두 위에서 설명한 '공통된 구원'의
특징을 가지고 있다. 다들 어느 순간 자신이 하나님 앞에
죄인이라는 것을 깨닫고 회개의 기도를 하다가 성경
말씀을 통해서, 혹은 거듭난 사람들의 간증을 통해서
자신의 모든 죄가 완전히 용서되었다는 것이 믿어지는
일이 일어난 것이다. 이런 사람들이 모여 있는 곳이
참교회인 것이다. 보통 사회적으로 공인된 목사님이 있고
사회에서 인정받는 종파 속에 속해 있으면 참교회라고
생각하지만, 참교회는 하나님이 만드시고 하나님이
이끌어가시기에 인간의 제도로 규정할 수 있는 것이
아니라, 하나님의 역사로 규정되는 것이다. 물론, 그
역사는 사람들이 거듭나는 일이다.

　　나는 나와 간증을 공유하고 복음을 공유하는 임
목사님을 만난 것이 정말 기뻤다. 현재는 임 목사님을

통해 우리와 같은 복음을 믿는 신학대 교수님들 몇 분을 만나 성경 스터디그룹을 만들었다. 한 달에 한 번씩 서로의 교회에서 돌아가며 만나는데, 하나님께 이 모임에 많은 지혜를 쏟아주시라고 기도드리고 있다.

우리는 각각 다른 관점과 해석들도 있다 보니 아직은 치열하게 토론 중이지만, 성경의 핵심인 복음을 공유하고 있기에 하나님이 우리를 진리로 인도해주실 것이라 믿는다. 그렇다고 내가 이 목사님들이 속해 있는 교단이나, 특정 종파를 절대적으로 지지하는 건 아니다. 올바르다고 생각되는 종파 내에서도 잘못된 복음을 가르치는 목사님을 보았고, 잘못되었다고 생각되는 종파 내에서도 올바른 복음을 가르치는 목사님이 있을 수 있다고 믿기 때문이다. 내가 어떤 교회를 진단하는 기준은 종파나 자격증이 아니라 복음이다. 그런데 이 복음과 자연스럽게 연결되어 나타나는 의식이 침례이기에, 침례를 언제 어떻게 주는지도 참교회를 구별할 수 있게 해주는 좋은 기준 중의 하나이다.

교회나 성당에서 주는 세례는 원래 온몸이 물에 잠기었다가 일어나는 침례이어야 한다. 로마서 6장 등을 보면 침례는 죄인이었던 자신이 죽고, 의인으로 다시 태어났다는 구원의 증표이기에 자신의 죄가 모두

용서받았다는 사실이 마음으로 온전히 믿어진 사람에게만
주어야 한다.

> 무릇 그리스도 예수와 합하여 세례를 받은 우리는
> 그의 죽으심과 합하여 세례를 받은 줄을 알지
> 못하느냐? (……) 우리의 옛 사람이 예수와 함께
> 십자가에 못 박힌 것은 죄의 몸이 죽어 다시는
> 우리가 죄에게 종노릇하지 아니하려 함이니, 이는
> 죽은 자가 죄에서 벗어나 의롭다 하심을 얻었음이라
> —로마서 6장 3, 6~7절

그런데 많은 교회나 성당은 일정 기간 공부를 시킨 후
하나님을 믿기로 결심을 하면 세례를 준다. 믿음1만으로
세례를 주는 것이다. 그러면 그들은 구원을 안 받았음에도
불구하고, 받은 걸로 착각한 채 살게 된다. 진정한 평화는
죽음의 공포로부터 완전히 해방되었을 때, 즉 죽은 후에
천국에 가게 되었다는 확신이 생겼을 때 오는 것이기에,
믿음1을 가지고 있는 사람에게 세례를 주며 "평화다",
"평화다" 해봤자 그 마음에는 진정한 평화가 오지 않는다.

> 그들이 내 백성의 상처를 가볍게 여기면서 말하기를

> "평강하다(Peace) 평강하다" 하나 평강이 없도다
>
> —예레미야 6장 14절

    그래서 성경에는 세례를 주기 전에 해야 하는 질문의 예시가 나온다. 침례를 받겠다는 사람에게 예수님의 제자 빌립은 이렇게 말한다.

> "If you believe with all your heart, you may (……)"
>
> —사도행전 8장 37절

    분명히 'all your heart'로 믿어진 건지 물어보는 것이다. 마음속 한구석에 있던 의심마저 완전히 사라지고 온전히 믿어진 믿음, 즉 '믿음2'를 받았는지 확인하는 것이다. 이런 확인도 없이 세례를 주는 이유는 무엇일까? 그것은 아마도 세례를 주는 사람 역시 그런 믿음을 받아본 경험이 없기 때문일 것이다.

    구원을 받지 않았는데 받았다고 착각하고 있는 사람은 구원을 받을 수가 없기 때문에 이것은 심각한 문제이다. 왜냐하면 하나님은 구원을 해달라고 부르짖는 사람을 구원해주신다고 쓰여 있기 때문이다.

> 그는 자기를 경외하는 자들의 소원을 이루시며,
> 또 그들의 부르짖음을 들으사 구원하시리로다
> —시편 145장 19절

성경에는 '마음의 눈'이라는 것이 있다. 그것은 예수님께서 구원해주실 때 열리는 eye of understanding 즉, 깨달음의 눈인 것이다.

> 우리 주 예수 그리스도의 하나님,
> 영광의 아버지께서 (……) 너희 마음의 눈을 밝히사
> (……) 너희로 알게 하시기를 구하노라
> —에베소서 1장 17~19절

구원을 못 받은 사람은 이 눈이 닫혀 있기에 성경에선 장님이라고 표현한다.

> 예수께서 이르시되
> "너희가 맹인(blind)이 되었더라면
> 죄가 없으려니와, 본다고 하니 너희 죄가
> 그대로 있느니라"
> —요한복음 9장 41절

구원받지 못한 사람이 받은 줄 알고 있으면 구원받을 길이 없어진다는 말씀이다. 내가 성경을 펼친 지 7년이 지나 2017년에 뒤늦게라도 구원을 받을 수 있었던 이유는 내가 구원을 못 받았다는 것을 알고 있었기 때문이다. 내가 2012년에 성경을 믿기로 결심하고 내 삶이 송두리째 바뀌었을 때, 목사님들이 나에게 구원을 받았다고 하신 말씀을 믿고 세례를 받았다면 굉장히 혼란스러운 상태에 빠져들었을 것이다. 따라서 복음이 마음에서 완전히 믿어졌다고 하면 교회에 나온 지 며칠 만에라도 세례를 줘야 하고, 아직 안 믿어진다고 하면 5년, 10년이 지나도 세례를 주면 안 된다.

당신의 교회에는 몇 년째 교회를 열심히 나오면서도 죄사함에 대한 확신이 없어 세례를 못 받고 있는 사람이 있나요? 한 명도 없다면 참교회인지 의심해볼 필요가 있습니다.

구원을 받는 데 오랜 시간이 걸리는 것이 꼭 나쁜 것만은 아니다. 나 같은 경우에도 7년이라는 긴 시간이 걸렸기에, 구원이 내 힘으로 되는 것이 아니라 온전히 하나님이 해주시는 것이라는 걸 확실히 깨달을 수 있었다. 그렇기에 구원을 받았을 때의 감사함도 더욱 크게 느껴졌던 것 같다.

내가 복음을 전하는 성경세미나를 하면 나에게 와서

구원을 받았다며 기뻐하시는 분들도 있지만, 반대로
구원을 못 받은 걸 깨닫게 해줘서 고맙다고 말씀하시는
분들도 있다. 자신은 모태 신앙이었고, 평생 교회를
다니면서 세례도 받아서 구원을 받은 줄 알고 있었는데,
세미나를 들으면서 자기 안에 남아 있는 의심을 발견할
수 있었다고 말이다. 하나님은 회색을 싫어하신다. 그래서
생명이 있는 교회에 가면 자신이 정확히 흑인지 백인지,
구원을 받았는지 안 받았는지 정확히 깨닫게 되는 것이다.
이것이 생명이 있는 교회의 특징이다.

그럼 잘못된 복음은 어떤 것들인지 살펴보자. 아래
다섯 분의 목사님은 모두 미국과 한국에서 위대한
목사님으로 존경받는 분들이다. 아래 설교들이 잘못된
복음이라고 말하는 이유는 회개의 기도만 하면 즉시, 바로
구원을 얻는다고 하기 때문이다. 물론 구원을 받기 위해선
반드시 회개의 기도가 필요하다. 하지만 구원은 복음이
마음에서 완전히 사실로 믿어지는 것이기에, 회개와
동시에 바로 올 수도 있지만 나처럼 믿어지는 데까지 오랜
시간이 걸릴 수도 있다.

미국의 O목사님
이렇게 말만 하세요 "주 예수님, 제 죄들을 회개합니다.

제 마음으로 들어오세요. 제가 당신을 제 주와 구주로 만듭니다." 여러분, 이 간단한 기도만 하면, 우리는 당신이 거듭났다고 믿습니다.

미국의 S목사님

제가 말하는 고백이 뭔지 설명하죠. 그것은 하나님의 아들이 십자가에서 죽으며 자신들의 죄의 대가를 완벽히 치렀다는 하나님 말씀에 동의하겠다고 하는 거예요. 당신이 죄인임을 깨닫고 스스로를 구제할 수 없기에, 믿음으로 당신의 죄들을 용서하고 구원해달라고 기도하면서, 그것들을 믿겠다고 하면, 그 순간에 즉시 당신의 죄들은 사라집니다. 당신의 이름은 양의 생명책에 기록됩니다.

한국의 O목사님

예수님이 돌아가신 것은, 나의 죄를 대신하신 것입니다. 십자가에서 돌아가신 주님께 "저는 죄인입니다. 구원이 필요합니다. 천국에 가게 도와주십시오" 한마디만 하시면 여러분은 태어납니다. 거듭납니다.

한국의 K목사님

하나님 저는 죄인입니다. 예수님께서 저의 죄를 위해

돌아가신 것을 믿습니다. 저를 구원해주시고, 자녀로
삼아주십시오. 예수님 이름으로 기도합니다. 이 기도를
마음으로부터 하셨다면 하나님의 자녀가 된 것입니다.
영생을 얻었고 천국에 가게 되었는데, 이것을 성경에서는
구원이라고 합니다.

　　위의 목사님들은 앞에서 말했듯이 회개와 구원을
동일한 것으로 설명한다. 다시 한번 말하지만,

회개 = 구원 (X)

회개 => 구원 (O)

또 다음 목사님은 구원의 여부를 자신의 행동의 변화를
통해 깨달을 수 있다고 하시는데, 구원을 받은 사람
중에도 실망스러운 모습으로 살아가는 사람이 있고,
구원을 안 받은 사람 중에도 훌륭한 모습으로 살아가는
사람이 있다. 나의 모든 행동이 바뀐 것은 2012년인데
그럼 나는 2012년에 구원을 받았단 말인가? 심지어
구원이 취소될 수 있다는 말씀도 하시는데, 구원은
행위를 통해서 얻어지는 것도 아니요, 행위를 잘못한다고
취소되는 것도 아니다. 이것에 대해서는 다음 장에서 더
자세히 설명하도록 하겠다.

한국의 J목사님

거듭나는 것은 여자가 아이를 임신하는 것과 같습니다.
증상을 통해 깨닫게 되는 것입니다. 죄를 짓는 것이
조금씩 불편해져서 생활이 올바르게 바뀐다면 거듭난
것입니다……. 물론 유산이 되어 자기도 모르게 새 생명이
배 속에서 죽어버릴 수도 있습니다.

예수님이 계셨던 당시 하나님을 가장 열심히 믿고,
성경을 가장 많이 알며, 가장 성경적으로 살아가던
사람들이 서기관과 바리새인들인데, 그들에게 예수님이
하신 말씀을 보자.

화 있을진저 외식하는 서기관들과

바리새인들이여, 너희는 천국 문을

사람들 앞에서 닫고, 너희도 들어가지 않고

들어가려 하는 자도 들어가지 못하게 하는도다

(……) 너희는 교인 한 사람을 얻기 위하여

바다와 육지를 두루 다니다가 생기면,

너희보다 배나 더 지옥 자식이 되게 하는도다

—마태복음 23장 13, 15절

위의 목사님들의 잘못된 복음들을 보면 위 구절들이
지금 시대에도 적용된다는 것을 알 수 있다.

물론 지금까지의 이야기는 복음만을 기준으로 본
'생명이 있는 교회'의 증거이지, 성숙한 교회, 훌륭한
교회의 증거는 아니다. 생명이 있는 교회들은 모두 성숙한
교회, 훌륭한 교회가 되도록 노력해야 한다. 아무리 생명이
있는 교회라 해도 사람들이 모여들지 않으면 그 생명을
전할 수 없기 때문이다. 성경에서 말하는 성숙한 교회,
훌륭한 교회가 되기 위해서는 어떤 노력들이 필요한지
살펴보자. 우선 일반 사람들의 눈에 흠이 없도록 노력해야
한다.

> 범사에 네 자신이 선한 일의 본을 보이며,
> 교훈에 부패하지 아니함과 단정함과
> 책망할 것이 없는 바른 말을 하게 하라.
> 이는 대적하는 자로 하여금 부끄러워
> 우리를 악하다 할 것이 없게 하려 함이라
>
> —디도서 2장 7~8절

> 너희가 이방인 중에서 행실을 선하게 가져

너희를 악행한다고 비방하는 자들로 하여금

너희 선한 일을 보고 오시는 날에 하나님께

영광을 돌리려 하게 함이라. 인간의 모든 제도를

주를 위하여 순종하되 혹은 위에 있는 왕이나

혹은 그가 악행하는 자를 징벌하고 선행하는 자를

포상하기 위하여 보낸 총독에게 하라

―베드로전서 2장 12~14절

법을 철저히 준수하고 사회구성원으로서 모범이
되어야 한다. 초대 안디옥교회를 이끌어가던 바울과 그의
제자들도 철저히 법을 준수했기에 복음을 더 힘차게
전파할 수 있었다. 바울은 한 번도 법을 회피해 도망가지
않았고, 매번 당당히 법정에 서서 법을 어긴 것이 하나도
없다는 말을 들음으로써 계속 복음을 전파할 수 있었다.
만일 어떤 교회가 법을 어기거나
(사도행전 18, 19, 23, 24, 25, 26장)
법을 회피하고 있다면 훌륭한 교회의 모습과는 많이
멀어졌다는 이야기이다.

우리 교회 '첫열매들_____'은 비영리단체로 다음과
(Firstfruits)
같은 원칙에 따라 운영된다.

Firstfruits

1. 가르치는 사람을 포함해 교회에서 일을 하는 모든
사람은 일체의 대가를 받지 않는다.
2. 교회에 모인 돈은 공통 경비에만 사용하고, 이를
관리하는 회계 2인을 6개월마다 새로 선정한다.
3. 운영비 사용 내역을 언제든 열람할 수 있게 하고,
1년에 한 번 외부 감사를 받는다.
4. 운영비는 온라인으로 자율적으로 내며 익명을
원칙으로 한다.

　　나를 포함해 모든 사람들이 대가를 받지 않는
이유는 사도 바울이 그렇게 했기 때문이다. 바울은 천막
제조업자라는 직업으로 자신의 생활비를 충당했으며,
헌금에서는 자신이 쓸 것을 받아가지 않았다고 기록되어
있다. 받아가도 되지만, 그게 누군가의 마음에 문제를
일으킬까봐 안 받아갔다고 쓰여 있다. 우리는 바울의 이런
뜻을 좇으려고 한다.
　　또 바울이 속해 있던 안디옥교회를 보면 가르치는
사람이 여러 명이었다는 것을 알 수 있다. 처음에는
바나바 혼자 가르치다가, 후에는 바울과 둘이, 나중에는
여러 명이 함께 가르쳤다고 되어 있다_____.
(사도행전 11,13장)

아무리 대단한 성도도 특정 인간 이상으로 여김을
받아서는 안 된다. 성경 66권 중에 13권을 기록한 사도
바울도 자신이 버려질 수 있다고 했는데 감히 어떤 인간이
하나님 앞에 완전할 수 있겠는가?

> 내가 내 몸을 쳐 복종하게 함은
> 내가 남에게 전파한 후에 자신이 도리어
> 버림을 당할까 두려워함이로다
> —고린도전서 9장 27절

그렇기에 교회도 한 명의 절대적인 목사님이나
신부님이 있는 것보다 여러 명이 함께 성경을 가르치는
것이 좋다. 우리 교회에서는 현재 내가 주로 성경을
설명하고 있지만 최대한 빠른 시일 안에, 최대한 많은
사람들이 나와 함께 성경을 설명할 수 있도록 만드는 것이
우리의 목표이다.

구원과 행위

16

구원은 취소될 수 있나?

목사님, 신부님 등 성경을 가르치는 분들은 모두 둘 중에 한쪽에 속한다.

구원과 행위가 상관이 있다고 말하는 '있다주의'
구원과 행위가 상관이 없다고 말하는 '없다주의'

'있다주의'는 구원을 받으려면 행위가 필요하고, 또 행위를 잘못하면 구원이 취소될 수 있다고 말한다. '없다주의'는 구원을 받는 데는 어떤 행위도 필요 없고 오직 믿음만으로 되며, 그렇기에 그 후에 죄를 지어도 구원은 취소될 수 없다고 말한다.

'있다주의'는 어렸을 때부터 우리가 알고 있는

선악의 개념과 잘 맞아서 거부감 없이 받아들여진다. 착한 행동을 많이 하면 천국에 가고, 나쁜 행동을 많이 하면 지옥에 간다는 논리가 권선징악, 인과응보의 개념과 일치하기 때문이다. 하지만 세상은 '없다주의'에 거부감을 갖는다. 나 역시 그랬다. 죄를 지어도 구원이 취소되지 않는다는 얘기 때문이었는데, 알고 보니 그건 오해였다. '없다주의'가 죄를 막 지어도 된다는 얘기가 아니다. 죄를 지어도 구원이 취소되지는 않지만, 대신 하나님의 자녀로서 받는 '징계'라는 것이 있기에 두려움을 안고 살아가야 한다고 말한다.

> 또 아들들에게 권하는 것같이 너희에게 권면하신
> 말씀도 잊었도다. 일렀으되,
> "내 아들아 주의 징계하심을 경히 여기지 말며,
> 그에게 꾸지람을 받을 때에 낙심하지 말라.
> 주께서 그 사랑하시는 자를 징계하시고
> 그가 받아들이시는 아들마다 채찍질하심이라"
> —히브리서 12장 5~6절

성경에서 죄인의 개념은 '죄를 지은 사람'이 아니라 죄인의 '혈통'을 타고난 사람이다.

다시 말하자면 죄를 지어서 죄인이 되는 것이 아니라,
죄인의 혈통을 타고나서 할 수 없이 죄를 짓게 된다는 것이다.

> 내가 죄악 중에서 출생하였음이여
>
> 어머니가 죄 중에서 나를 잉태하였나이다
>
> —시편 51장 5절

우리 조상 아담의 죄가 우리 모두를 죄인으로 만들었듯이, 예수님의 의로운 행위가 우리 모두를 의인이 될 수 있도록 만들어주신 것이다. 잘못한 게 없이 죄인이 되었듯이, 잘한 게 없이 의인이 되는 것이다. 그래서 성경은 구원을 '공짜 선물'이라고 한다.

> (……) 한 사람(아담)의 범죄를 인하여
>
> 많은 사람이 죽었은즉, 더욱 하나님의 은혜와
>
> 또한 한 사람 예수 그리스도의 은혜로 말미암은
>
> 선물(free gift)은 많은 사람에게 넘쳤느니라.
>
> 그런즉, 한 범죄로 많은 사람이 정죄에 이른 것같이
>
> 한 의로운 행위로 말미암아 많은 사람이
>
> 의롭다 하심을 받아 생명에 이르렀느니라
>
> —로마서 5장 15, 18절

나는 '없다주의'이며 '없다주의' 중에서도 강한 '없다주의'이다. 왜냐하면 '없다주의' 중에는 '없지만 있다주의'도 있기 때문이다. 이 분들은 '없다'고 말씀하시면서도 듣다 보면 결국 '있다'는 얘기를 하고 있으신데, 이런 목사님이 의외로 많다. 심지어 한 목사님은 내가 집요하게 따지자 '있다'와 '없다'를 8:2 정도의 비율로 생각하면 된다고 말씀하신 적도 있다.

사이비 종파들은 대부분 '있다주의'이다. 행동을 잘못하면 천국에 갈 수 없다고 해야 신도들을 강력히 통제할 수 있기 때문이다. 대표적인 예가 중세 시대 가톨릭 교회의 면죄부 판매이다. 중세 교황청에서 헌금의 중요성을 강조하면서 헌금을 통해 면죄부를 부여받으면 죽은 사람들의 죄까지 용서받을 수 있다고 말하였던 것이다. 반면 천국에 가는 것이 행위와 상관없다고 말하는 '없다주의'는 신도들의 행위를 통제하기 힘들어 사이비 종파를 만들기가 어렵다.

성경에는 분명히 '있다주의'를 뒷받침하는 걸로 보이는 구절들도 있다. 아래 비교해놓은 구절들을 보자. 왼쪽에 있는 구절들은 '있다주의'로 보이고, 오른쪽에 있는 구절들은 '없다주의'로 보인다.

행위와 구원

이로 보건대 사람이 행함으로
의롭다 하심을 받고
믿음으로만은 아니니라
─야고보서 2장 24절

사람이 의롭게 되는 것은 율법의
행위로 말미암음이 아니요 오직
예수 그리스도를 믿음으로 말미암는 줄
알므로 (…) 율법의 행위로써는
의롭다 함을 얻을 육체가 없느니라
─갈라디아서 2장 16절

우리 조상 아브라함이
그 아들 이삭을 제단에 바칠 때에
행함으로 의롭다 하심을
받은 것이 아니냐
─야고보서 2장 21절

만일 아브라함이
행위로써 의롭다 하심을 받았으면
자랑할 것이 있으려니와
하나님 앞에서는 없느니라
─로마서 4장 2절

VS

그러므로 우리는 두려워할지니
그의 안식에 들어갈 약속이
남아 있을지라도
너희 중에는 혹 이르지 못할 자가
있을까 함이라
─히브리서 4장 1절

누가 능히 하나님께서 택하신
자들을 고발하리요 의롭다 하신 이는
하나님이시니 누가 정죄하리요
(…) 그리스도 예수시니 그는 하나님의
우편에 계신 자요 우리를 위하여
간구하시는 자시니라
─로마서 8장 33~34절

우리가 진리를 아는 지식을
받은 후 짐짓 죄를 범한 즉
다시 속죄하는 제사가 없고
오직 무서운 마음으로 심판을
기다리는 것과 대적하는 자를
태울 맹렬한 불만 있으리라
─히브리서 10장 26~27절

내가 확신하노니 사망이나 생명이나
천사들이나 권세자들이나
현재 일이나 장래 일이나 (…)
우리 주 그리스도 예수 안에 있는
하나님의 사랑에서 끊을 수 없으리라
─로마서 8장 38~39절

왼쪽에 있는 구절들과 오른쪽에 있는 구절들은
분명히 논리적으로 상반되어 보인다. 왼쪽 구절들은
'없다주의'분들을 힘들게 하고, 오른쪽 구절들은
'있다주의'분들을 힘들게 한다. 나 역시 '없다주의'이기에
왼쪽 구절들을 가지고 힘겹게 씨름을 해야 했는데, 결국엔
명쾌한 해답에 도달했기에 이에 대한 내용은 다음에 나올
책에서 자세히 다룰 예정이다. 우선은 아래의 구절을
성경을 구분하는 기준으로 삼으면 좋을 것 같다.

성경은 인간을 두 부류로 나눈다. 할례자라고 부르는
유대인들과, 이방인이라고 부르는 유대인을 제외한 모든
사람. 신약성경의 대부분은 편지들인데, 대조해놓은
구절들 중 왼쪽에 있는 구절들은 베드로, 야고보, 요한이
썼거나, 유대인을 수신자로 쓴 편지 속에 들어 있고,
오른쪽에 있는 구절들은 바울이라는 저자가 이방인을
수신자로 쓴 편지들 속에 들어 있다.

> 베드로에게 역사하사 그를 할례자의 사도로
> 삼으신 이가, 또한 내게 역사하사 나(바울)를 이방인의
> 사도로 삼으셨느니라. 또 기둥같이 여기는
> 야고보와 게바(베드로)와 요한도 내게 주신 은혜를
> 앎으로 나와 바나바에게 친교의 악수를

하였으니, 우리는 이방인에게로,

그들은 할례자에게로 가게 하려 함이라

—갈라디아서 2장 8~9절

이방인인 우리가 바울이 쓴 편지들 외의 편지들에
대해 공부할 필요가 없다고 말하는 것은 아니다.
성경의 구절들끼리 논리적으로 충돌이 생기는 것 같아
혼란스러울 경우, 성경이 '이방인의 스승'이라고 명명한
바울의 편지들을 기준으로 삼으면 좋다는 것이다.

바울의 편지 내용 중에 행위와 구원을 연결시켰다고
오해를 받는 구절들이 있는데, 대표적인 것 몇 가지를
설명해보겠다.

육체의 일은 분명하니, 곧 음행과, 더러운 것과,

호색과, 우상 숭배와, 주술과, 원수 맺는 것과,

분쟁과, 시기와, 분냄과, 당 짓는 것과, 분열함과,

이단과, 투기와, 술 취함과, 방탕함과, 또 그와 같은

것들이라. 전에 너희에게 경계한 것같이

경계하노니, 이런 일을 하는 자들은

하나님의 나라를 유업으로 받지 못할 것이요

—갈라디아서 5장 19~21절

우리의 육체 속에 있는 죄성들을 설명하면서 이런
죄성을 가지고 죄를 저지르면 하나님 나라에 갈 수
없다고 말한다. 그러나 이것은 고린도전서 15장 50절부터
나오는 내용과 연결해서 봐야 제대로 이해를 할 수 있다.
결론적으로 하나님 나라에 가려면 이런 죄성을 지닌
육체가 다른 종류의 육체로 바뀌어야 하고, 또 바뀔
것이라는 이야기이지, 죄를 지으면 하나님 나라에 못
간다는 이야기가 아니다.

불의한 자가 하나님의 나라를 유업으로 받지 못할
줄을 알지 못하느냐? 미혹을 받지 말라.
음행하는 자나, 우상 숭배하는 자나, 간음하는 자나,
탐색하는 자나, 남색하는 자나, 도적이나, 탐욕을
부리는 자나, 술 취하는 자나, 모욕하는 자나,
속여 빼앗는 자들은 하나님의 나라를
유업으로 받지 못하리라. 너희 중에
이와 같은 자들이 있더니, 주 예수 그리스도의
이름과 우리 하나님의 성령 안에서 씻음과,
거룩함과, 의롭다 하심을 받았느니라.

—고린도전서 6장 9~11절

9절에 구원을 받지 못한 불의한 자들, 'Unrighteous'한 사람들의 얘기를 하면서, 그들이 짓는 각종 죄들에 대해 얘기를 한다. 그러다가 11절에 가서, 'But' 너희는 구원을 받은 'justified'된 사람들이니 그 사람들처럼 살지 말라고 얘기하는 것이다. 죄를 지으면 'Unrighteous'한 사람으로 신분이 바뀐다는 얘기가 아니다. 결론은 구원받은 사람들에게 구원 못 받은 사람들처럼 살지 말라는 이야기이다. 죄를 지으면 신분이 바뀐다는 이야기가 아니다. 거지였다가 왕실에 입양이 되어 왕족이 된 아이에게 "이제 왕족이니 거지들이 하는 행동을 하면 안 돼"라고 말하는 것이지, "거지짓 하면 다시 거지 된다"라고 말하는 것이 아니다.

음행과 온갖 더러운 것과 탐욕은 너희 중에서 그 이름조차도 부르지 말라. 이는 성도에게 마땅한 바니라. 누추함과 어리석은 말이나 희롱의 말이 마땅치 아니하니, 오히려 감사하는 말을 하라. 너희도 정녕 이것을 알거니와, 음행하는 자나, 더러운 자나, 탐하는 자, 곧 우상 숭배자는 다 그리스도와 하나님의 나라에서 기업을

얻지 못하리니, 누구든지 헛된 말로 너희를

속이지 못하게 하라. 이로 말미암아

하나님의 진노가 불순종의 아들들에게 임하나니,

그러므로 그들과 함께하는 자가 되지 말라.

너희가 전에는 어둠이더니

이제는 주 안에서 빛이라.

빛의 자녀들처럼 행하라

—에베소서 5장 3~8절

위 본문에서 일관적으로 '너희'와 '그들'을 구분하여
비교하면서 설명하고 있다. 마지막에 가서는 다시 한번
'너희'는 '빛의 자녀들' (Children of Light) 이고, '그들'은
'불순종의 자녀들' (Children of disobedience) 이라고 정확히
구분해서 말한다. 죄를 지으면 신분이 바뀐다는 '신분의
변화'를 말하고 있는 것이 아니다. 위의 고린도전서 6장
말씀처럼 너희는 이제 하나님의 자녀가 되어서 신분이
다르니 그 사람들처럼 행동하지 말라고 이야기하는
것이다.

그 밖에 '구원'이라는 말을 썼다는 이유만으로
빌립보서 2장 12절, 고린도전서 15장 2절, 디모데전서
4장 16절은 잘못 해석되는 경우가 많은데, 야구에서

'구원투수'라는 말이 천국에 갈 수 있게 해주는 투수라는 뜻은 아니듯이, '구원' _____ 이라는 말이 언제나
_(Salvation, save)
천국에 가게 된다는 뜻은 아니다. 영어 단어 save라는 말이 원래 그렇듯이, 어떤 안 좋은 일들로부터 자신을 지키는 경우에는 그냥 구원이란 말을 사용한다. 위의 성경 3구절 모두 앞뒤 문맥의 내용을 읽어보면 생활 속에서 짓는 죄들로부터 자기를 지키는 구원을 말하고 있다.

나와 같이 '없다주의'를 믿는 목사님들 중에는 '있다주의'로 보이는 구절들을 해석하기 위해 '구원을 받으면 반드시 행위로 드러난다'는 논리를 주장하면서, 행위로 드러나지 않는 사람은 구원을 안 받은 사람이라고 말씀하시는 분들도 많은데 그것은 굉장히 위험한 주장이다. 앞 장에서도 말했듯이 구원을 받은 사람 중에 실망스러운 삶을 사는 사람도 있고, 구원을 받지 않은 사람 중에 훌륭한 크리스천의 삶을 사는 사람도 있기 때문이다. 바울과 함께 복음을 전파했던 사람들 중에 세상이 좋아서 세상 속으로 돌아간 사람들이 있다고 되어 있는데 _____, 그럼 이 사람들은 구원을 안
_(디모데후서 4장)
받았다는 말인가? 그럼 바울이 구원도 안 받은 사람들과 복음을 전하고 다녔단 말인가?

결론적으로, 이 시대를 살아가는 우리 이방인들에게는,

구원은

행위를 잘해서 얻어지는 것도 아니요,

행위를 잘못해서 취소되는 것도 아니요,

행위를 보고 판단할 수 있는 것도 아니다.

나의 삶

17

무엇을 위해 살죠?

나는 가끔 중환자실에 불려간다. 아는 분들의 가족이 위독할 때 갑자기 나를 불러 임종 전에 어떻게든 천국에 갈 수 있도록 해달라고 부탁하기 때문이다. 그러면 나는 성경을 들고 달려가서 복음을 설명하는데, 혹시나 의식을 잃을까봐 급한 마음으로 쫓기면서 설명하게 된다. 의식을 잃거나 돌아가시고 나면 내가 할 수 있는 게 없기 때문이다. 열심히 설명을 하다 보면 다행히 사실로 믿어졌다며 구원을 받는 경우도 있지만, 상태가 안 좋으셔서 복음을 알아듣지 못하거나, 끝까지 거부하고 돌아가시는 경우도 많다.

그래서 주변의 누가 편찮다고 하면 제발 위독해지기 전에 나와 만나게 해달라고 부탁하지만, 꼭 위독해지고 나서 갑자기 부탁하는 분들이 있다. 의식이 가물가물한 분에게 아담이 선악과를 먹은 이야기부터 예수님의 죽음과 부활까지 설명을 하는데, 급한 마음으로 온 힘을 다해 큰소리로 설명하다 보면 목은 아프고 체력은 떨어져간다. 한 생명을 놓고 싸우는 것이기에, 끝까지 기도하며 이를 악물고 노력해보지만 결국 놓치는 경우가 많고, 그러면 그 후유증으로 며칠을 허탈함과 상실감에 빠지기도 한다.

얼마 전에도 지인의 부탁으로 중환자실에 갔다. 그의 가족을 만나러 갔는데 암 말기로 매우 위독한 상태였다. 그의 가족이 독실한 크리스천이지만 구원을 받았는지 모르겠다며, 죽기 전에 꼭 한번 얘기를 나누어봐달라고 했다. 나보다 몇 살 어린 분이었다. 병실에 들어서니 가족들과 친구들이 함께 있었는데, 산소마스크를 낀 채 밝은 미소로 나를 반겼다. 다행히 의식은 멀쩡했다. 화기애애한 분위기로 대화를 하다 성경에 대한 이야기로 자연스럽게 화제를 돌려, 사람이 죽으면 어디로 가는지에 대한 대화를 나누게 되었다. 대화가 깊어지면서 나는 그분이 천국에 가는 기준을 잘못 알고 있다는 걸 알 수 있었다. 예수님을 열심히 믿고 착한 크리스천으로 살면 천국에 가는 줄 알고 있었다. 그래서 나는 천국에 가려면 죄가 하나도 없어야 한다고 쓰인 구절을 보여주었다.

누구든지 온 율법을 지키다가 그 하나를 범하면

모두 범한 자가 되나니

—야고보서 2장 10절

  그러자 천사 같던 표정이 갑자기 싸늘해지고
차갑게 변하면서 산소마스크 속으로 "아……그렇게
말씀하시면…… 지금 제 상황에…… 제가 모태
신앙이라서…… 피곤하네요"라고 하며 더 이상 말을 하기
싫다는 듯이 눈을 감아버렸다. 나는 그저 성경 구절을
보여줬을 뿐인데…….

  본인이 하나님 보시기에 죄가 하나도 없다는 확신이
없어서 그 구절이 굉장히 무섭게 느껴졌던 것 같다. 지금
생각해보면 참 아쉬운 게 단둘이 이야기할 수 있는 상황을
만들었어야 했다. 옆에 있는 가족과 친구들이 모두 자기를
훌륭한 크리스천이라고 생각하고 있는 상태에서 자기가
지옥에 갈지도 모른다는 것을 인정하는 건 쉽지 않기
때문이다. 사람은 보통 죽음 앞에선 양심이 살아나는데
그분의 경우, 자존심이 양심을 가로막은 것 같다. 절망감에
병실을 나와 호텔방까지 어떻게 왔는지 잘 기억이 나질
않는다. 침대에 누워 한참을 아무것도 할 수가 없었다.
그리고 얼마 후 그분은 돌아가셨다.

또 한번은 방송국 대기실에 있는데 후배가 찾아와 이런저런 얘기를 나누게 되었다. 후배가 삶의 고민들을 얘기하다가 자기는 교회를 열심히 다니긴 하지만 복음에 대해선 잘 모르겠다고 했다. 교회를 가면 마음이 편안해지고 좋아서 다니지만 사실 성경 내용은 잘 모른다는 것이었다. 마침 내가 성경 세미나를 하기 2주 전이어서, 내가 하는 세미나에 오겠느냐고 물어봤다. 그러자 너무 좋아하며 와서 들어보겠다고 시간과 장소를 알려달라고 했다.

그런데 그때 또 다른 후배가 나에게 인사를 하러 들어왔다. 먼저 들어와 있던 후배가 "언니, 진영 오빠가 성경 가르친대. 가서 들어보자"고 하니까 뒤에 들어온 후배의 얼굴이 사색이 됐다. 어떤 매체에서 내가 특정 교회에 속해 활동을 한다고 보도를 한 적이 있는데 그걸 읽은 것 같았다. (그 후 여러 매체에서 취재를 했지만, 내가 속한 모임이 어떤 교단이나 종파에도 속해 있지 않은 독립된 모임이라는 걸 확인하고는 아무도 더 이상 기사를 쓰지 않았다.)

둘이 대기실을 나간 지 한 시간쯤 뒤에 문자가 왔다. "오빠 제가 그날 스케줄이 있는 걸 깜빡했네요. 죄송하지만 못 갈 것 같아요." 진짜 답을 찾고 있는 것 같았기에 안타까웠다. 차라리 나에게 솔직히 물어봤으면 대답해줬을 텐데…… 난 전도를 위해서 나에게 덮어씌워진 거짓말과 오해를 벗겨내야겠다고 생각했다.

그동안 전도에 실패해서 한 명의 영혼을 놓칠 때마다 내 잘못 같아서 힘들었다. 내가 어떤 부분을 잘못 설명한 걸까? 내가 너무 강경하게 말했나? 등을 생각하며 끝없이 바닥으로 끌려내려가는 기분이었다. 하지만 전도는 내가 하는 말에 달려 있지 않고, 내 진심, 내가 속해 있는 교회 사람들의 진심, 그리고 듣는 사람의 진심을 보고 하나님이 하시는 일이라는 사실을 기억하며 실패할 때마다 나 자신을 너무 괴롭히지 않으려고 한다.

천국에 가게 되지 못한다는 것은 곧 지옥에 가는 걸 의미하기 때문에, 모든 크리스천의 삶은 사실 응급실 의사와도 같은 것이다. 매일 만나게 되는 사람들을 살리느냐 못 살리느냐 하는 마음으로 살아야 하기 때문이다. 전도에 성공해서 소중한 생명 하나를 천국에 가도록 만들었을 때의 기쁨은 무엇과도 비교할 수 없다. 아래에 있는 글들은 지난 몇 년간 내가 받은 편지들 중에 두 개를 추린 것이다. 첫 번째 글은 세미나에 왔던 학생으로부터 받은 것이고, 두 번째 글은 한 어머님이 전에 내가 인터넷에 올린 간증문을 보고 자기 아들에게 보낸 글인데, 그 아들의 지인을 통해 나에게 전달이 되었다.

Dear Uncle JYP,
I just wanted to write a quick thank you
card. I think it is very cool that you
dedicate your time to teach people
the gospel. This seminar has been so amazing.
Before we started, I had so many
questions and doubts, but you addressed
all of them in the first three days.
My heart was opened after that. Even
though I have heard the gospel many
times before, it hit me differently
today (Day 4). Everything became so
clear and I am no longer having
doubts about the bible. I can now
say that Jesus truly died for my
sins without any doubt. I am so
excited for day 5 and 6. Thank
you so much!

                                    - Justin

"JYP 삼촌,

   급하게 고맙다는 카드를 쓰고 싶었어요. 삼촌이

사람들에게 복음을 전하기 위해 시간을 바치는 게 정말

멋진 것 같아요. 이번 세미나는 정말 대단해요. 세미나

전까지 전 성경에 대해 정말 의심과 질문이 많았었는데 첫 3일간 삼촌이 그 모든 것들을 다 해결해줬어요. 그러고 나서 제 마음은 열렸어요.

저는 전에도 복음을 여러 번 들었지만, 오늘 4일째 들은 복음은 나에게 다르게 다가왔어요. 이제 모든 게 너무 선명해졌고 전 이제 성경에 대한 의심이 없어요. 이제 조금의 의심도 없이 예수님이 제 죄들을 위해 돌아가셨다고 말할 수 있어요. 세미나 5일째와 6일째가 너무 기다려져요. 정말 감사해요!

—Justin

엄마가 평생 교회를 다니다 이제야 깨달았어.

박진영 간증문 보내니 꼭 읽어보렴. 말씀으로 거듭난 사람이야.

이 간증문만으로도 거듭날 수 있을 정도야.

제발 기도하면서 읽어. 엄마 부탁이야.

지난 6년간 제법 많은 사람들로부터 이런 얘기를 들을 수 있었다. 그런데 이건 내가 잘나거나 잘해서가 아니다. 하나님은 개인을 보고 일을 맡기시지 않고, 교회를

보고 맡기시기 때문이다. 나는 앞에서 성경을 설명했지만,
장소를 준비하고, 식사를 준비하고, 자료를 준비하고,
강의를 모니터해주고, 찬송을 불러주고, 기도해주는
형제들이 있었기에 이런 일들이 일어난 것이다.

> 믿는 사람이 다 함께 있어 (……) 날마다
> 마음을 같이하여 성전에 모이기를 힘쓰고,
> 집에서 떡을 떼며 기쁨과 순전한 마음으로
> 음식을 먹고 하나님을 찬미하며,
> 또 온 백성에게 칭송을 받으니,
> 주께서 구원받는 사람을 날마다 더하게 하시니라
> —사도행전 2장 44~47절

이렇게 죽기 전까지 한 명이라도 더 천국에 보내는
것이 내가 살아가는 이유이다. 나같이 못되고 위선적인
인간이 예수님 덕분에 값없이 천국에 가게 된 것이
너무 민망하고 염치가 없기 때문이다. 그래서 살아 있는
동안 하나님을 위해 뭐라도 하고 싶다. 그걸 바울은
'빚진 마음'이라고 했고, 이 빚은 다른 사람들에게 갚는
것이라고 했다.

> 헬라인이나 야만인이나 지혜 있는 자나
>
> 어리석은 자에게 다 내가 빚진 자라
>
> —로마서 1장 14절

나는 이 빚을 최대한 갚다가 죽고 싶다. 사람들은
'버킷리스트'라는 것을 만들곤 한다. 죽기 전에 꼭 해보고
싶은 것들을 나열해놓은 리스트인데, 다음 세상이 진짜
세상이라는 사실을 참으로 믿게 된 사람들은 이 세상에서
무언가를 굳이 꼭 해야 할 이유가 없다. 다음 세상에
진정한 쾌락과 행복이 기다리고 있기 때문이다. 따라서
우리가 버킷리스트를 만든다면 그것은 다음 세상에서 할
수 없는 일일 것이다. 그리고 그것은 한 가지밖에 없다.
다른 사람들의 생명을 구하는 일. 즉, 한 명이라도 더
천국에 갈 수 있도록 돕는 일이다. 나에게 버킷리스트를
만들어보라고 한다면 나는 한국인, 일본인, 미국인 등 내가
전도해야 할 각 나라, 각 민족의 이름들만 쓸 것이다.

그러기 위해서 이 글을 쓰지만, 책을 쓰는 것만으로
되는 것은 아니라는 걸 잘 알고 있다. 가수로, 사업가로,
한 가정의 가장으로 존경받을 수 있는 모습을 보여주지
못하면 아무도 내 책을 안 읽을 것이기 때문이다. 내
인생은 이 책을 내기 전과 후로 나뉠 것이다. 지금까지의

내 인생이 이 책을 쓸 수 있도록 주어진 것이라면,
앞으로의 내 인생은 사람들이 이 책을 읽고 싶게 만들도록
주어진 것이라 생각한다.

　　세상에는 하나님의 일을 방해하는 힘이 있다. 그 힘은
내가 죽는 날까지 나의 약한 부분만을 골라 집요하게
유혹할 것이다. 내가 대중들에게 실망스러운 모습을
한 번이라도 보이면 이 책은 휴지조각이 되어버리기
때문이다. 그래서 내 삶은 지금부터가 중요하다. 언젠가
내가 세상을 떠났을 때 남겨진 나의 삶의 자취가 사람들로
하여금 이 책을 읽어보고 싶게 만들었으면 좋겠다. 이것이
내가 살아가는 이유다.

JYP Ways

1. 건강
좋은 걸 찾지 말고 안 좋은 걸 피하라

젊었을 땐 체력은 있지만 지혜가 부족하고
늙었을 땐 지혜는 있지만 체력이 부족하다.

따라서 지혜가 쌓일 때까지 체력을 유지하는 사람은
인생의 후반부에 놀라운 일들을 해낼 수 있다.

시작하기 전에 먼저 말해두고 싶은 것은 여기에 나오는
모든 내용들을 다 지킨다 해도 과음과 흡연의 해로움을
이겨낼 수 없다는 것이다. 그게 이 장의 제목을 이렇게 정한
이유다. 과음과 흡연의 해로움이야 다 알고 있을 테니 굳이
내가 언급하지는 않겠다. 다만, 그 해로움이 본인에게서
끝나는 것이 아니고 2차 흡연과 3차 흡연으로 주위 사람,

특히 집에 있는 가족과 자식들에게도 전파된다는 것을 꼭 알았으면 좋겠다. 집에서 흡연을 하지 않는다 해도 말이다.

또 정신적인 스트레스 역시 우리의 건강을 무너뜨릴 수 있기에 성경을 통해 마음의 문제들을 근본적으로 해결할 수 있길 바란다. 정신과 상담, 취미 생활을 통한 스트레스 해소 등도 도움이 되지만 근본적인 해결은 우리 인생의 답, 즉 왜 태어났고, 무엇을 위해 살고, 죽어서 어디로 가는지 알아야만 가능하다. 내 주위에서도 우울증과 공황장애를 앓다가 성경에서 진리를 깨닫고 완전히 호전되어 몇 년째 아무 치료나 약 없이 건강하게 생활하고 있는 사람도 있다.

위 얘기들을 전제로 하고 나의 개인적인 건강의 노하우에 대해 얘기해보자면, 난 우선 고질적인 고통 두 가지를 안고 살았다. 하나는 태어났을 때부터 줄곧 가지고 있었던 알레르기성 비염과 아토피, 또 하나는 가수를 시작하면서부터 생긴 왼쪽 다리의 저림이다. 둘 다 안고 살 수밖에 없었던 이유는 양의학, 한의학, 모든 방법을 써보아도 나아지질 않았기 때문이다. 그래서 난 할 수 없이 숙명으로 받아들인 채 체념하고 살고 있었다.

아토피로 몸을 하도 긁어 관절 주위마다 피부가 변해 있었으며, 남들 눈에 보이는 얼굴과 목은 긁을 수 없어

항상 손바닥으로 비비거나 때리면서 지냈다. 그래서 우리 회사 소속 아티스트들도 방송에 나와 나를 흉내낼 때마다 목 주위를 때리면서 말하는 시늉을 하곤 했다. 얼굴을 하도 비비다 보니 입술의 윤곽선은 항상 뭉개져 있었고, 눈썹은 다 빠져서 3개월에 한 번씩 문신을 해야 했다. 또 만성 비염으로 코 안에 항상 콧물이 고여 있어 코로 숨을 쉴 수가 없었으며, 노래할 때 가장 많이 사용하는 코 뒤의 빈 공간, 즉 비강도 사용하지 못했다. 입으로 숨을 쉬면서 동시에 노래도 해야 했기 때문에 항상 턱이 들려 있었고, 그 결과 울림이 없는 가느다란 목소리가 나왔다. 코로 숨을 못 쉬어 입을 계속 벌리고 있다 보니 목에 염증도 자주 생겼다.

또 왼쪽 다리의 저림은 가수활동을 시작하면서 본격적으로 느끼기 시작했는데, 엉덩이 주위에서 시작해 다리를 타고 내려와 나중에는 발바닥까지 저리기 시작했다. 병원에서 정밀 촬영까지 해봐도 원인은 알 수가 없다고 했다. 결국 나에게 돌아온 건 언제나 아픈 부위에 놓는 소염진통 주사뿐이었다. 밤에는 다리가 당겨 잠을 잘 수 없는 날도 많았다.

하지만 성경을 공부하면서부터 내 몸엔 큰 변화가 일어났다. 우선 몸을 바라보는 관점이 바뀌었다. 그중에서도 가장 다르게 인식하게 된 것은 생명이라는 개념이다. 의사와

약사, 생물학자들 모두 생명 현상에 대해서만 얘기를 하지, 생명 그 자체에 대해서는 별로 얘기하지 않는다. 그냥 생명을 막연한 추상적인 개념으로 생각하기 때문이다. 그러나 성경을 통해 내가 깨닫게 된 것은 생명은 우리 몸 안에 실제로 존재하며, 우리 몸이 잘 유지되고 성장할 수 있도록 몸 전체를 진두지휘한다는 것이다.

그래서 내가 새롭게 갖게 된 건강관리의 개념은 몸을 위해 좋은 일을 하는 것이 아니라, 몸 안에 있는 생명이 원래 자기의 능력을 발휘할 수 있도록 만들어주는 것이다. 그래서 제목처럼 몸에 좋은 걸 찾으려고 하지 말고 몸에 안 좋은 걸 피하는 것이 건강관리의 핵심인 것이다.

이전에 내가 쓰던 아토피와 비염의 치료 방법은 스테로이드와 항히스타민제였다. 이것들은 생명의 기능을 회복시켜주는 것과는 상관이 없고, 몸을 둔하게 만들어서 증상을 완화시켜주는 것이었다. 이들 질환은 '자가면역질환'이라고 하는데, 쉽게 말하자면 적군을 공격해야 할 백혈구가 아군을 공격하는 것이다. 그래서 내가 새롭게 시도한 치료 방법은 피를 맑게 해주는 것이었다. 오염된 물속에서는 물고기가 제대로 살 수 없듯이, 오염된 피 속에서는 백혈구가 자기 원래 기능을 잘 수행할 수 없다고 믿었기 때문이다.

따라서 나는 하나님이 주신 음식이 아닌 농약, 항생제, 방부제, 호르몬제, 중금속, 환경호르몬, 화학조미료, 유전자 변형식품(GMO) 등은 피했고, 인스턴트식품, 과자, 탄산음료 등도 먹지 않기 시작했다. 이것이 바로 내가 말하는 유기농 식사의 개념이다.

또 먹는 것만 피로 가는 것이 아니고 피부에 닿는 것도 피로 가기에 화장품, 비누, 치약, 세제, 주방세제 등도 유기농 인증마크가 찍힌 것들만 사용했고, 그 결과 두 달 만에 놀라운 결과들이 나타나기 시작했다.

평생 날 괴롭히던 가려움증이 사라졌고, 더 이상 얼굴을 비비지 않아 입술에 테두리도 생겨났고, 눈썹도 정상으로 돌아왔다. 가장 놀라웠던 순간은 처음으로 코로 숨을 쉬게 된 날이었다. 어느 날 잠이 살짝 들었다가 코로 숨을 쉬는 바람에 놀라서 깼다. 평생 처음 느껴보는 상쾌함이었고 마치 뇌로 맑은 공기가 들어가는 것 같았다. 이때부터 나는 비강을 쓰면서 노래하는 창법을 사용할 수 있었기에 목소리가 훨씬 더 풍성해졌다. 1집 〈너의 뒤에서〉를 부르던 나의 목소리와 지금 〈Fever〉를 부르는 나의 목소리를 비교해 들어보면 극적인 변화를 느낄 수 있을 것이다.

다리 저림은 인간 원래의 골격에 대해 공부하면서 그

원인을 찾아냈다. 중학교 때 농구를 하다가 왼쪽 발목이 부러져 걸음걸이가 바뀌면서 내 골반은 오른쪽 아래로 돌아가게 된 것이다. 원래 인간이 만들어진 골격대로 자세를 돌리기 위해 자세교정 운동을 시작했고, 이를 위해 골반 주변 근육들을 다시 정렬해서 강화하기 시작했다. 이러면서 다리 저림은 말끔히 사라졌다.

결국 두 질환 다 하나님이 주신 몸의 기능에 문제가 생겨서 일어난 일들이었기에, 이 문제가 되었던 요소들을 제거하고 몸의 원래 기능을 회복시켜주니 증상이 호전된 것이다. 예전에 1년에 서너 번 걸리던 감기마저도 이젠 잘 걸리지 않는다. 걸려도 부위별로 하루씩 증상이 스쳐지나갈 뿐이어서 감기 때문에 일을 못할 정도로 아팠던 건 2012년 9월이 마지막이었다. 아래의 원칙들을 지키면서부터는 하루도 감기로 누워 있었던 적이 없다.

결국 핵심은 내 안에 있는 생명이 자기 원래 기능을 발휘할 수 있도록 만들어준 것인데, 생명이 하는 일은 크게 섭취, 순환, 배출로 나누어 설명할 수 있다. 이 세 가지 기능이 잘 발휘될 수 있도록 내가 지키는 열다섯 가지 원칙은 다음과 같다. (단, 사람마다 건강 상태에 따라 증상이 다르게 나타날 수 있으므로 아래에 있는 내용들을 무조건 따라하지 말고 반드시 의사와 상담해서 해야 한다.)

섭취

먹는다는 것은 사실 몸을 구성하는 35조 개의 세포가 먹는 것이다. 이 세포들은 혈액을 통해 전달된 음식을 먹는다. 따라서 혈액에 음식이 아닌 것이 들어오지 않도록 해야 한다. 이것이 유기농 음식을 섭취해야 하는 이유인데 유의해야 할 점은 '유기농', '친환경', '무농약', '천연성분'이 각각 다른 의미를 가지며, 다른 기준이 적용된다는 것이다. 이 중에서 '유기농'이 가장 높은 기준을 요구하므로 되도록이면 유기농 인증마크가 찍혀 있는 것을 사용하는 것이 좋다.

물론 이런 제품들은 일반 제품들보다 가격이 높아 구입하기가 부담스러운 것은 사실이다. 하지만 아파서 일을 못하고 병원비나 약값으로 들어갈 비용들을 생각한다면 결코 아까운 투자는 아니라고 생각한다. 내가 아토피 치료에 쓴 비용보다 유기농 제품을 사용할 때 든 비용이 훨씬 적었다. 그리고 요즘은 합리적인 가격의 유기농 상품들도 많이 출시되고 있다.

1) 음식
난 유기농 인증이 된 재료들로 만든 음식을 주로

먹으며 농약, 방부제, 호르몬제, 화학약품, 심지어
화학조미료 ___ 와 유전자 변형식품 ___ 등도 피한다.
　　　　　(MSG)　　　　　　　　　(GMO)
플라스틱 그릇, 플라스틱 코팅된 종이, 양은 냄비 등의
식기류도 피한다.

　　플라스틱은 농약과 마찬가지로 석유에서 추출된
화학제품이기에 인간에게 치명적인 독소들을 함유하고
있다. 특히 플라스틱에서 나오는 환경호르몬은 우리
인체의 호르몬들과 유사해서 호르몬 체계를 교란시킨다.
호르몬들은 혈액을 타고 돌아다니면서 몸뿐만 아니라
뇌를 통해 정신에까지 막대한 영향을 끼칠 수 있기에,
환경호르몬처럼 호르몬 체계를 교란시키는 물질들은
반드시 피한다.

　　양은 재질의 식기구는 코팅이 조금만 벗겨져도
알루미늄 등의 금속이 나와 치매와 같은 질병의 원인이
된다. 따라서 나는 양은 재질의 식기구는 사용하지 않으며
주로 무쇠 등 해로운 독소들이 나오지 않는 식기구들을
사용한다. 알루미늄 호일에 음식을 구워 먹는 행위도 절대
하지 않는다.

　　일반적으로 사용하는 식용유나 기름의 대부분이
열을 가해서 녹여 만든 것들인데, 이럴 경우 지방의 좋은
성분들이 파괴되고 안 좋은 성분들이 생성될 수 있기에,

나는 식용유 및 모든 기름은 열을 가하지 않고 짜서 만든
'Cold-pressed'를 쓴다. 그리고 또 매일 아침 공복에
양질의 기름을 종류별로 충분히 먹는데, 이는 우리 몸
35조 개 세포들의 세포벽이 기름 성분으로 만들어지기
때문이다. 기름이 무조건 안 좋다고 생각하는 사람들이
많은데, 그것은 안 좋은 기름일 때만 해당되는 얘기이고,
좋은 기름은 충분히 먹어주는 것이 좋다.

    모든 양념까지도 화학조미료는 사용하지 않고 유기농
재료만을 사용하며, 소금은 히말라야 암염처럼 세상이
오염되기 전에 굳어진 암염을 먹는다.

    나는 매일 아침식사 대신 필요한 영양소들을
섭취하고, 점심은 유기농 재료로 만들어진 음식인 이상

점심 혹은 저녁식사
때 먹을 화분이
낮은 생류를 위주로
먹는다.

아무거나 먹고 싶은 걸 맘껏 먹는다. 저녁은 간헐적
단식으로 안 먹는 날이 많다. 밖에서 불가피하게 외식을
해야 할 경우, 자연산 재료를 사용하는 음식점들 위주로
약속을 잡는다.

2) 금식

금식의 효과에 대한 의학적 논의는 아직도 진행
중이지만 성경을 보면 많은 위인들이 하나님 앞에서
금식을 한다. 그들이 하나님 앞에서 몸에 해로운 일을
했을 리가 없기에 성경을 믿는 나는 안심하고 한다.

자신에게 맞는 금식 방법을 잘 골라야 하는데, 난 하루에
4시간 동안 영양분을 섭취한 후 20시간 동안 칼로리를
섭취하지 않는 방법을 택해 일주일에 3일 정도 한다.

금식을 추천하는 의사들이 말하는 주된 효과는 몸의
보수와 뇌활동 강화인데, 내 개인적 경험으로는 금식을 할
때마다 확실히 몸이 가볍고 정신이 맑다.

3) 물

해양심층수 ————————————————를
　　　　　(깊은 바다 속 물을 끌어올려 소금을 제거한 것)
마시는데, 세 가지 이유가 있다. 지표에서의 거리가 멀어
오염물질들이 도달하기 어렵고, 1년 내내 낮은 수온

때문에 박테리아 등이 번식하기 어려우며, 마지막으로
높은 수압 때문에 미네랄 함량이 일반 생수보다 훨씬 더
높다.

4) 화장품, 비누, 세제

먹는 것뿐 아니라 피부에 닿는 것도 모두 혈액으로
들어간다. 니코틴 패치가 대표적인 예이다. 팔에 붙이기만
해도 니코틴 성분이 모두 피로 들어가서 흡연 욕구를
떨어뜨리기 때문이다. 따라서 피부에 닿는 제품들도 모두
유기농, 혹은 유기농 재료의 함량이 높은 제품들을 쓴다.
화장품, 치약, 비누, 샴푸, 주방 세제, 세탁 세제, 유연제
등을 모두 유기농으로 사용하며 가능하면 드라이클리닝도
맡기지 않으려 노력한다. 또한 옷이나 베개, 이불 등도
유기농 재질 혹은 천연 재질로 된 것을 사용한다.

또 코를 통해 맡는 향기도 모두 혈액 속으로 들어가기
때문에 인공으로 만들어진 향기, 특히 향수 같은 것들은
일체 사용하지 않는다.

5) 헤어스타일

나는 내 헤어디자이너와 함께 머리에 젤, 스프레이
등을 바르지 않아도 스타일리시해 보일 수 있는

헤어스타일을 연구한다. 헤어제품들도 모두 모공을 통해
혈액으로 들어가기 때문이다. 그렇기에 난 방송이나
행사가 있는 날이 아니면 머리에 아무것도 바르지 않는다.
이것을 나는 유기농 헤어스타일이라고 부른다.

순환

아무리 섭취를 잘해서 좋은 혈액을 만들었다고 해도,
그 혈액이 온몸 구석구석을 돌지 않는다면 무슨 효과가
있겠는가? 그래서 순환이 중요한 것이며, 그 순환을
위해서 운동이 필요한 것이다.

6) 웜업
머리카락 1/10 두께인 모세혈관 벽에만 구멍이 뚫려
있기에, 모든 세포들은 이 가느다란 모세혈관을 통해서만
영양분을 공급받는다. 근데 이 모세혈관들에 무조건
혈액이 가는 것은 아니다. 이곳에 혈액이 가려면 그
주변에서 에너지 소비가 있어야 한다. 이 에너지 소비를
위해서 온몸 구석구석 움직여줘야 하는 것이다. 이를 위해
온몸의 관절을 빠짐없이 움직여주는 것이 웜업이다. 매일

10분 정도 소요된다.

7) 스트레칭

워업이 끝나면 한 시간 동안 스트레칭을 한다. 이
스트레칭은 근육들이 뭉치는 것을 예방하고, 또 뭉친
근육들을 찾아내서 풀어주는 것이다. 총 45개의 동작을
30분에 걸쳐서 한 후, 잘 안 풀리는 근육들이 있으면
폼롤러나 마사지볼 위에 올라가 체중을 실어 푼다.

8) 자세교정 운동

난 오랜 시간 골반이 오른쪽 아래로 틀어져 있는
상태로 살아왔다. 따라서 조금만 교정 운동을 게을리하면
왼쪽 다리가 발바닥부터 엉덩이까지 당기고, 오른쪽
허리근육이 뭉치면서 어깨까지 통증이 온다. 매일 교정
운동을 통해 골반을 바로잡고, 그 후 주변 근육들을
강화시켜 그 자세를 최대한 지속시키려 노력한다.

자세교정이 중요한 이유는 척추나 골반이 틀어진
상태에서 계속 운동을 하면 그 안 좋은 자세가 그대로
굳어지거나 더 악화되어 결국 근육과 관절에 문제를
일으키기 때문이다. 이걸 운동을 통해 바로잡지 않고
교정치료, 교정기구, 신발 등의 외부적인 힘으로만

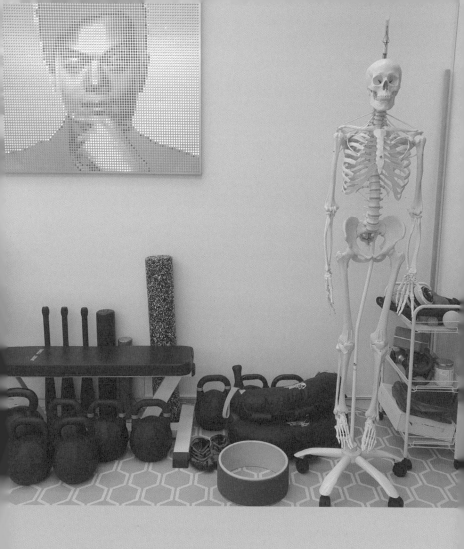

바로잡는 것은 바람직하지 않다. 이 기구들을 빼면 다시 틀어질 수 있기 때문이다. 그래서 자기 자세의 문제점을 인지한 후 교정 운동을 통해 자기 자신의 근육들로 자세를

교정하는 능력을 기르는 것이 좋다.

　난 자세교정 운동을 30분 정도 한 후 근력 운동을
하는데, 기구에 앉아서 하는 것이 아니라 서서 내 체중이나
free weight를 이용해 중심을 계속 잡아가면서 한다. 이때
나는 내 중심을 효과적으로 느낄 수 있도록 발가락이
분리되어 있는 양말과 신발을 신고 운동을 한다. 발가락이
독립적으로 움직이는 것은 중심을 인지하고 조정하는
데 큰 도움을 준다. 그래서 나는 외출할 때도 신발 속의
양말은 발가락이 갈라진 걸 신는다.

　나는 내 자세를 조금 더 효과적으로 이해하기 위해
얼마 전 거금을 투자해 인체 골격을 샀다. 자세교정 후
중심이 훨씬 잘 잡혀 춤을 추는 데도 굉장히 큰 도움이
되고 있다.
　　　（자문-Body Control 대표 노석희）

9) 유산소 운동

　혈액이 온몸 구석구석 잘 돌려면 심장이 펌핑을
잘해줘야 한다. 심장은 근육으로 되어 있어서 운동을
해줘야 그 기능을 잘 유지할 수 있기에, 숨이 찰 정도의
운동을 일주일에 최소한 2회, 회당 40분 이상씩 해야 한다.
트레드밀이나 자전거처럼 몸을 일정한 방향으로만 계속
움직이는 것보다는 춤, 농구, 축구처럼 다양한 동작을 하게

되는 운동이 좋다. 그중에서도 춤을 추천하는데, 동작들이 좌우대칭이 되어 한쪽만 많이 쓰는 구기 종목보다 자세의 흐트러짐이 적기 때문이다.

10) 리듬

취침, 기상, 식사, 운동을 최대한 규칙적으로 같은 시각에 하다 보면 몸이 패턴을 익힌다. 그러면 우리의 몸은 훨씬 뛰어난 능력을 발휘한다. 해외여행을 가 시차가 바뀌었을 때 소화나 배설 등에 어려움을 겪는 것이 좋은 예이다.

11) 보온

모세혈관 속 혈액의 속도는 온도에 민감해서, 더운 여름을 제외하고는 언제나 온몸을 따뜻하게 덮어주는 것이 좋다. 목과 발목에도 중요한 혈관들이 있으므로 목폴라와 따뜻한 양말은 필수이다. 특히 체온이 떨어지는 취침 시간에는 반드시 온몸을 부드럽게 감싸는 순면 내복과 목도리, 수면양말을 착용하고 자는 것이 좋다. 물론 유기농 면으로 된 재질이라면 더욱 좋다.

12) 항산화

세포들은 혈액 속에 있는 유기물과 산소를 받아서
결합시키는 연소 반응으로 필요한 에너지를 만드는데,
이 결과 발생하는 활성산소라는 것이 노화의 주범이다.
따라서 이 활성산소를 최대한 빨리 몸에서 배출하는
것이 좋은데, 이를 위해 나는 항산화 작용에 도움을 주는
식물성 영양소가 풍부한 녹차, 노니주스, 아사이 베리 등을
매일 먹는다. 또 식물성 영양소 섭취를 위해 제철 채소와
과일들을 다양하게 꾸준히 먹는다. 이 중에서 나는 특히
녹차를 강력히 추천하는데, 녹차 안의 데아닌과 카테킨이
항산화, 항염, 항암 작용까지 도와주기 때문이다. 이는
요즘처럼 다양한 바이러스들이 범람하는 시기에 면역
기능 강화에 큰 도움을 준다. 단, 이뇨 작용이 증가하여
탈수 증상이 올 수 있다는 연구들도 있어서 물을 꼭 함께
많이 마시길 추천한다.

13) 면역

대장의 건강과 면역은 직접적으로 관계가 있다.
그렇기에 대장이 좋은 환경을 유지하는 것이 중요한데,

그러기 위해선 대장 속 유해균에게 도움을 주는 설탕 등은 최대한 피하고 유익균들에게 도움을 주는 요거트류의 제품은 꾸준히 먹어주는 것이 좋다. 난 매일 아침 요거트, 프로바이오틱스, 케피어를 함께 먹는다.

따라서 변비가 있는 사람은 반드시 고쳐야 하는데, 대장 역시 근육임을 명심하고 매일 스스로 할 수 있는 대장 운동과, 잡곡, 채소, 과일 등의 섬유질 섭취를 통해 대장의 운동능력을 강화시켜야 한다. 또, 같은 시간에 규칙적으로 식사를 하고, 식사할 때는 천천히 먹으면서 꼭꼭 오래 씹는 습관을 갖는 것도 중요하다.

14) 완벽한 숙면

나는 잘 때 불빛과 소리를 최대한 차단한다. 우리 몸은 아주 작은 불빛과 소리에도 반응을 하기 때문에 깊은 수면에 방해를 줄 수 있다. 깊은 수면은 면역력 증강에 매우 중요하다. 그래서 난 침실에 있는 아주 작은 불빛 하나에도 빛을 가려주는 검정 테이프를 붙여놓았다.

15) 습도

건조함은 면역력 약화를 가져오므로 여름을 제외하고는 언제나 가습기를 통해 습도를 조절한다.

가습기는 반드시 물통에 세균이 번식하기 힘들도록
만들어진 것을 사야 한다.

48살의 나는 20대 때보다 몸 상태가 좋다. 작년 연말
콘서트를 본 분들이 모두 내 체력에 놀라 몸 관리를 어떻게
하느냐고 물어보셨다. 난 60살, 환갑 때 최고의 춤과 노래를
하는 것이 목표이다. 물론 나를 아껴준 팬들에게 보답하고
싶어서이기도 하지만, 또 하나의 이유는 건강을 통한 복음
전파이다. 요즘 건강에 관심을 갖는 사람들이 점점 늘어나는
추세이기에, 내가 60세까지 최고의 몸 상태를 유지한다면
많은 사람들이 나에게 건강에 대해 물어볼 것 같다. 나의
건강비법들 중에는 성경을 기반으로 알게 된 것들이 많기에,
사람들과 건강 얘기를 하다 보면 자연스럽게 성경에 대해
얘기할 수 있는 기회가 생길 거라고 믿는다.

> 그런즉 너희가 먹든지 마시든지
> 무엇을 하든지 다 하나님의 영광을 위하여 하라
> —고린도전서 10장 31절

2. 음악
가슴으로 시작해서 머리로 완성하라

JYP엔터테인먼트의 모든 뮤지션들과 아티스트들은 수첩을 하나 갖고 있다. 창작에 대한 나의 노하우를 정리해서 만든 건데 제목은 '가슴으로 시작해서 머리로 완성하라'이다.

JYP Publishing
Song Camp #1

작사, 작곡의 기본

"가슴으로 시작해서 머리로 완성하라!"

JYP
JYP PUBLISHING

가슴으로 시작하라

    모티프가 있을 때만 작업을 하라는 얘기이다. 가슴을 뛰게 하는 무엇, 설레게 하는 무엇, 이 모티프는 한 줄의 가사일 수도 있고, 심지어 한 개의 단어일 수도 있다. 어떤 리듬, 어떤 멜로디, 어떤 코드 진행, 어떤 악기 소리, 혹은 어떤 춤이 될 수도 있다.

    인간에게는 가슴에서 느껴진 모티프를 영원히 남기고 싶어 하는 욕구가 있다. 시간의 노예로 사는 우리의 유한함을 슬퍼하며 영원한 것을 그리워하기 때문에, 한순간에 느껴진 그 감정을 영원히 남기고 싶어 하는 것이다. 이 결과 만들어진 것이 예술이라고 생각한다.

> 하나님이 모든 것을 지으시되
> 때를 따라 아름답게 하셨고, 또 사람들에게는
> 영원을 사모하는 마음을 주셨느니라 (……)
> —전도서 3장 11절

    감정, 느낌이란 것은 분명히 사람이 볼 수 없는 부분에서 일어나는 일인데, 이것을 보이는 작품으로 만듦으로써 우리는 안 보이는 부분을 볼 수 있게 된다.

그래서 누가 나에게 예술이 무엇이냐고 물어본다면 나는
이렇게 대답할 것이다.

**예술이란 인간의 볼 수 없는 부분을 보이게 만들어주는
것이다.**

그래서 가슴에서 느껴진 모티프가 없이 계산과
분석만으로 만든 작품은 예술적 가치가 없는 것이다.
창작자 역시 그걸 만드는 동안 창작의 기쁨을 느끼지
못할 것이다. 예술가들이 예술을 직업으로 택한 이유는
그 일을 하는 동안 행복하기 때문 아닌가? 그런데 행복이
빠진다면, 예술가의 직업은 다른 모든 직업과 다를 것이
없는 그냥 '일'이 된다.

지금까지 내가 만든 히트곡들은 대부분 확실한
모티프에서 만들어졌다. 따라서 창작을 하는 모든
사람들에게 해주고 싶은 말은, 모티프가 없이 작업대에
앉을 바에야, 차라리 영화를 보거나, 책을 읽거나, 다른
음악을 듣거나, 친구들을 만나라는 것이다.

머리로 완성하라

아무리 가슴으로 느낀 확실한 모티프를 가지고

예술이란 인간의 볼 수 없는 부분을
보이게 만들어주는 것이다.

시작했어도, 어느 시점에서는 작품을 머리로 진단해야
한다. 만일 모티프로 멜로디를 만들었다면, 그다음에는
트렌드 분석을 기반으로 그 멜로디에 어떤 리듬, 어떤 악기,
어떤 가사를 덧붙일지 머리로 완성해가야 한다. 여기서
말하는 트렌드는 대중의 트렌드와 자신의 트렌드이다.

　　대중의 트렌드를 분석한다는 것은 대중의 취향
변화를 읽는 것이고, 자신의 트렌드를 분석한다는 것은
자기 자신이 요즘 어떤 리듬, 어떤 코드, 어떤 멜로디, 어떤
가사를 많이 썼는지 살펴보는 것이다. 모티프는 분명히
가슴에서 느껴지는 것이기 때문에 어떤 성향을 보인다.
따라서 오래 작품을 만들다 보면, 누구든지 무언가를
반복해서 즐겨 쓰고 있다는 것을 알게 된다. 처음에는
그런 성향이 자신의 '색깔'이 되지만, 일정 기간이 지나면
그것이 자신의 '한계'가 된다.

　　머리로 하는 분석은 롱런에 있어서 결정적 역할을
하게 되는데, 이 분석이 가능하려면 이론적 뒷받침이
필요하다. 어떤 분야든지 이론을 공부하지 않고도
뛰어난 작품을 만드는 작가들이 있지만, 특별한 경우를
제외하고는 롱런하지 못한다. 왜냐하면 시대의 트렌드를,
또 자신의 트렌드를 치밀하게 분석할 수 없기 때문이다.
이론은 분석을 하는 데에 필요한 안경 같은 것이다. 이

안경을 끼고 보면 모든 작품이 숫자와 기호로 바뀐다. 그제야 숫자와 기호들을 통해 패턴이라는 것을 찾아낼 수 있다. 그러면 그 패턴을 따라갈 수도, 피해갈 수도 있는 것이다.

대학교 2학년 때 난 음악을 하기로 결심하면서, 음악이론부터 공부하기 시작했다. 내가 사랑하는 모든 음악들이 이론적으로 어떤 곡들이었는지 알고 싶었고, 또 내가 만드는 곡들이 이론적으로 어떻게 되어 있는지 알고 싶었다.

1집 〈날 떠나지마〉에서는 연속 도미넌트 진행, 〈너에게 묻고 싶어〉에서는 4도 전조, 2집 〈청혼가〉에서는 경과코드, 3집 〈그녀는 예뻤다〉에서는 대리코드, 4집 〈허니〉에서는 블루스 음계를 사용했다. 이론을 공부하면서 계속 나 자신을 변화시키고 발전할 수 있었다.

그래서 주변의 다른 뮤지션들이 감각에만 의존해 작업을 하면 항상 이론을 함께 공부하라고 조언했지만, 그 말을 주의 깊게 듣는 친구는 많지 않았다. 놀라운 재능을 가진 천재들도 있었지만 모두 히트 작곡가로서의 수명은 10년을 넘지 못했다. 이유는 모두 같았다. 자신의 '색깔'이 결국 자신의 '한계'가 되었기 때문이었다.

창작자들이 머리로 완성하는 단계에서 고민해야 할

두 가지를 말해보자면,

첫째, 새로운 주제를 다루라. 만일 진부한 주제라면 새롭게 표현하라

난 〈엘리베이터〉에서는 엘리베이터 안에서의 사랑 행각을, 〈성인식〉에서는 20살 성인이 되는 여자의 변신을, 〈난 여자가 있는데〉에서는 불륜에 대한 유혹을 다뤘다. 세 곡 다 한국에서는 처음 다뤄진 주제들이었다.

반면 다른 가수들이 이미 많이 얘기한 주제를 다룰 때는 새로운 표현을 사용하려고 애썼다. 〈어머님께〉에서는 짜장면을 이용했고, 〈태양을 피하는 방법〉에서는 하늘의 태양을 이용했고, 〈12월 32일〉에서는 32일이라는 새로운 표현을 이용했다. 주제는 모두 진부한 것들이었지만 그걸 새로운 방법으로 표현했기 때문에 대중에게 신선하게 다가갈 수 있었다.

둘째, 창작과정에서 게을러지지 마라

집중력을 잃지 말라는 것이다. 창작을 하다 80% 정도 완성되었을 때, 나머지 20%를 대충 마무리하는 경우가 있다. 가사 한 줄, 멜로디 한 음도 끝까지 의미가 있도록 해야 하고, 주제에서 이탈하지 않게끔 해야 한다. 가사

가슴으로 시작해서 가슴으로 완성하는 사람은

대박을 터뜨릴진 몰라도 롱런하기 힘들고

머리로 시작해서 머리로 완성하는 사람은

롱런을 할진 몰라도 대박을 터뜨리기 힘들다.

가슴으로 시작해서 머리로 완성하라.

한 줄, 멜로디 한 음이 결과를 좌지우지하지 않을 수도 있겠으나, 이것은 옷을 만드는 장인이 단추를 고르는 것과 같다. 한때 인기 있는 곡이 아니라 10년, 20년이 지나도 사람들이 듣고 부르는 노래를 만들려면 디테일에 신경을 써야 한다.

가슴으로 시작해서 가슴으로 완성하는 사람은 대박을 터뜨릴진 몰라도 롱런하기 힘들고

머리로 시작해서 머리로 완성하는 사람은 롱런을 할진 몰라도 대박을 터뜨리기 힘들다.

가슴으로 시작해서 머리로 완성하라.

3. 사업
경제공동체가 아닌 가치공동체

1997년 회사를 처음 설립하고 동료들이 한 명, 두 명 늘어나면서 나는 회사라는 게 뭘까 고민하게 되었다. 새로 들어오는 동료들을 보면서, 또 회사를 떠나는 동료들을 보면서 그런 고민은 더 깊어져갔다. 소속 아티스트들이 계약이 끝나고 성장해 독립하는 것은 보기 좋았지만, 함께하고 싶은 동료가 떠날 때는 정말 속상하고 가슴이 아팠다. 어떻게 하면 우리가 영원히 함께 갈 수 있을까? 어떻게 하면 함께 신나게, 즐겁게 일할 수 있을까? 사랑하는 사람이 생기면 영원을 꿈꾸듯이, 난 우리 동료들과의 영원을 꿈꿨다. 그러면서 무엇이 우리를 하나로 묶어줄 수 있을지 고민하기 시작했다.

돈일까? 회사란 이익을 추구하는 집단이고, 그 속에

있는 개인들도 자신의 이익을 추구하니 우린 이익 관계를
공유하는 경제공동체인가? 하지만 그게 만일 회사라면
다른 회사에서 돈을 조금만 더 주면 내 동료들이 그리로
떠나갈 것 아닌가? 돈 말고, 이익 말고, 그 이상의 무엇이
있을 수는 없을까?

　　그때 내가 생각하게 된 것이 '가치'이다. 회사가
'경제공동체'가 아니라 '가치공동체'일 수는 없는
걸까? 난 '가치공동체'라는 꿈을 꾸기 시작했고,
그래서 실제적이면서 우리의 이별을 막아줄 정도로
강력한 가치를 찾기 시작했다. 그 가치가 거짓이면 안
되기에 실제 내 인생에서 내가 추구해온 것이 무엇인지
고민해보게 되었는데, 다행히 떠오르는 말이 하나
있었다. 그것은 'Leader'였다. 어릴 때부터 내가 가장
원했던 것은 내가 사랑하는 사람들로부터 사랑받고
인정받는 것이었다. 나머지 것들은 모두 그걸 이루기
위한 수단이었다. 부모님께, 친구들에게, 맘에 드는
여성에게 사랑받고 인정받는 것, 그것이 날 행복하게
해준다고 믿었기 때문이다. 그걸 회사에 적용하면 어떨까?
업계에서, 더 나아가 사회에서 사랑받고 존경받는 회사가
되면 우리 모두가 행복해질 수 있지 않을까?

　　그래서 나는 'Leader in Entertainment'라는 슬로건을

생각해냈고 이것을 우리 회사 상호 아래 표기하기
시작했다.

　　이것이 단순한 구호에서 끝나지 않고 실제 회사의
운영에 녹아들어, 동료들과 소속 아티스트들이 느낄 수
있도록 하고 싶었는데, 그러기 위해서 가장 먼저 해야 할
일은 'Leader'라는 말의 정의를 내리는 것이었다. 무엇이
Leader를 만드는가? 고민 끝에 리더가 갖추어야 할 덕목
여덟 가지를 정했다.

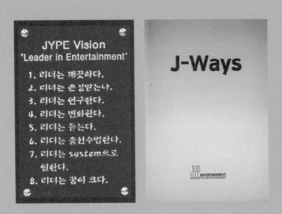

업계에서, 더 나아가
사회에서 사랑받고
인정받는 회사가
되면 우리 모두가
행복해질 수 있지
않을까?

280

그리고 각각의 덕목을 실현시키기 위한 구체적
방안들을 만들어 'J-Ways'라는 자료를 만들었다.

이 안에는 우리가 무엇을 목표로 하는 기업인지, 그
목표를 위해 우리는 어떤 방식으로 일을 하는지 자세히
설명해놓았다. 이 자료가 지난 24년간 우리 생각과
행동의 바탕이 되어 의사결정의 민주화, 직함 없는 호칭,
탄력근로제, 정부 권고 연예인 표준계약서의 수용, 룸살롱
출입금지, 인맥을 통한 인턴 채용 금지, 친환경 사무실,
유기농 식당 등의 결과를 낳을 수 있었다.

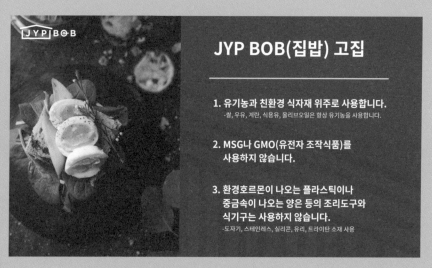

물론 이런 원칙들을 가지고 회사를 끌어가다
보니 힘든 점도 많았다. 특히 룸살롱과 같이 이성이

나오는 업장에 출입을 안 하기로 결정하니 인맥을
쌓거나 네트워킹을 하는 데 큰 제한이 있었다. 하지만
경영진들에게 회사가 망해도 좋으니 우리 원칙을
지키자고 말했다. 후에 성경을 공부하면서 알게 된 거지만
성경에도 인맥에 의지하지 말라는 말씀이 있어서 이런
원칙을 더 확고히 할 수 있었다.

> 귀인들을 의지하지 말며
> 도울 힘이 없는 인생(인간)도
> 의지하지 말지니
> —시편 146장 3절

> 여호와께서 이와 같이 말씀하시니라.
> 무릇 사람을 믿으며, 육신(다른 사람)으로
> 그의 힘을 삼고, 마음이 여호와에게서 떠난
> 그 사람은 저주를 받을 것이라
> —예레미야 17장 5절

성경에서 하나님 말고 다른 힘 있는 인간에게
의지하려고 하는 사람들은 벌을 받는다_____. 하지만
(에스겔 17장)

성경을 떠나서라도 한번 생각해보자. 대단한 위치에 있는 사람들이 계속 그 위치에 있는다는 보장도 없고, 보다 근본적인 문제는 그 사람들도 결국에는 자신의 이익이 더 중요하기에 언제라도 당신을 외면할 수 있다. 그래서 난 동료들에게 말했다. 인맥 쌓을 시간에 더 열심히 일하자고, 대단한 사람을 만나는 대신 우리 스스로 대단한 사람들이 되자고.

또 우리는 사회환원사업 전문 부서를 만들어 난치병 어린이의 수술비 지원, 그들의 소원성취비용 지원, 또 환경보존운동 지원 등의 세 가지 환원사업을 본격적으로 시작하였는데, 해마다 그 비중을 키워가고 있는 중이다. 회사 지원 비용에 더해 직원 및 아티스트들 및 그들의 팬들까지 힘을 보태고 있어 앞으로 더 많은 사랑을 나눠줄 수 있을 거라는 기대가 든다.

'Leader in Entertainment'라는 슬로건은 성경을 알기 전에 정한 슬로건임에도 불구하고 크리스천이 된 지금의 내 생각과도 잘 들어맞는다. 우리 회사의 모든 동료들과 소속 아티스트들이 나와 같이 '복음 전파'가 인생의 목표는 아니지만, 각자 전하고 싶은 걸 전할 수 있는 영향력이 있는 사람들이 되자는 이야기이기 때문이다. 내가 생각하는 성공이란 성능 좋은 확성기를 갖게 되는

것인데, 그 확성기에 대고 하고 싶은 말이 없다면 성공을
해도 허무함에 빠질 수밖에 없다고 생각한다. 그래서
성공을 위해 살지 말고, 성공한 후에 전할 메시지를 위해
살자는 이야기이다.

하지만 어떤 슬로건이나 구호도 회사의 수장이
솔선수범을 하지 않거나, 사생활에서 도덕적, 윤리적으로
건강한 모습을 보이지 못한다면 공허한 말장난이 되고
만다. 기업 오너의 실생활은 주변 사람들을 통해 결국
전직원에게 다 알려질 수밖에 없고, 그렇게 되면 동료들은
그 슬로건의 진정성을 믿지 않게 된다. 나도 성경을 알기
전까지만 해도 결코 훌륭한 삶을 살았다고 말할 수 없다.
하지만 성경을 알고 나서 내 삶의 이유와 목표가 확실해진
후부터는 비교적 올바르고 건강한 삶을 살 수 있었고, 또
하나님에게 받은 사랑 덕분에 주변 사람들에게 따뜻한
마음을 나누어줄 수 있게 되었다. 우리 회사의 기업문화가
본격적으로 자리잡기 시작한 것은 이 시점부터였다.

이렇게 꾸준히 만들어온 우리 회사의 문화 때문에,
우리는 다른 기업과의 인수, 합병에도 조심하게 된다.
아무리 경제적으로 회사에 이익을 가져다준다고 할지라도
회사의 문화에 어떤 영향을 끼칠지 고민해야 하기
때문이다. 우리와 가치를 공유하지 않는 사람들과 섞여

함께 일하다 보면, 우리의 소중한 가치들이 망가질 수 있고, 그렇게 되면 우리 회사는 '가치공동체'에서 다시 '경제공동체'가 되어버리기 때문이다.

우리 회사는 아직도 많이 부족하고 업계에서 진정한 Leader가 되려면 한참을 더 성장해야 할 것이다. 하지만 우리의 현재 위치보다는 우리가 가는 길이, 우리가 추구하는 목적이 우리 동료들을 하나로 묶어줄 수 있길 간절히 소망한다. 그래서 우리가 함께 이 길을 오래 같이 걸어갈 수 있으면 좋겠다.

회사를 법인(法人)이라고도 부른다. 회사가 법적으로는 사람이라는 뜻이다. 35조 개의 세포가 모여 한 사람을 이루듯이, 수많은 조직원들이 하나의 법인을 이루는 것이다. 사람 몸에서 35조 개의 세포를 하나로 이어주는 것이 피라면, 법인에서 모든 조직원을 하나로 엮어주는 피는 무엇일까? 그 피가 돈이라면 경제공동체인 것이고, 그 피가 가치라면 가치공동체인 것이다. 지금 회사를 하고 있거나, 창업을 준비하고 있는 모든 분들이 한 번쯤 고민해보면 좋을 것 같다.

당신의 법인 속에 흐르는 피는 무엇입니까?

4. Christian Life

크리스천들이 계속 크리스천다운 삶을 살기 위해 할 수 있는 일들은 무엇일까? 성경 속에서 찾아본 원칙 두 가지는 다음과 같다.

(1) 우선순위

그러므로 염려하여 이르기를

'무엇을 먹을까', '무엇을 마실까',

'무엇을 입을까' 하지 말라.

이는 다 이방인들(하나님을 안 믿는 사람들)이

구하는 것이라. 너희 하늘 아버지(하나님)께서

이 모든 것이 너희에게

있어야 할 줄을 아시느니라.

그런즉 너희는 먼저 그의 나라와

그의 의를 구하라. 그리하면 이 모든 것을

너희에게 더하시리라

—마태복음 6장 31~33절

　　'그의 나라'와 '그의 의'를 우선순위로 두면 나머지
세상일들은 하나님께서 알아서 해주신다는 말씀인데,
그럼 '그의 나라'와 '그의 의'를 구하는 것이 무엇일까?
결론부터 말하자면 그것은 교회가 완성되도록 노력하는
것을 말한다. 성경은 거듭난 사람들 전체를 일컬어
교회라고 하고, 이 교회가 '그의 나라'이며, '그의 의'가
실현되는 곳이다.

바리새인들이

"하나님의 나라가 어느 때에 임하나이까?"

묻거늘, 예수께서 대답하여 이르시되

"하나님의 나라는 볼 수 있게 임하는 것이 아니요,

또 여기 있다, 저기 있다고도 못하리니,

하나님의 나라는 너희 안에 있느니라"

—누가복음 17장 20~21절

이 하나님의 나라, 즉 교회를 또 '그리스도의 몸'이라고 말하며, 예수님은 '머리', 교회는 '몸'으로 비유되어, 이 '몸'이 다 자라는 것이 교회의 완성이라고 말한다. 이 '그리스도의 몸'이 완성되기 위해서는 '교제'와 '전도'가 필요한데, 교회 안에서 성도들이 함께 공부하며 예배 드리는 것이 '교제'이며, 교회의 사람이 늘어나도록 하는 것이 '전도'이다.

> 이는 성도를 온전하게 하여
> 봉사의 일을 하게 하며,
> 그리스도의 몸을 세우려 하심이라.
> 우리가 다 하나님의 아들을 믿는 것과
> 아는 일에 하나가 되어 온전한 사람을 이루어
> 그리스도의 장성한 분량이
> 충만한 데까지 이르리니
> —에베소서 4장 12~13절

그래서 나는 이 일이 내 삶의 우선순위가 될 수 있도록 내 시간의 1/7 이상을 미리 빼놓는다. 나는 현재 일주일에 네 번 성경말씀에 대해 설명하고, 주말에는 그 설명할 것들을 준비한다.

수요일 저녁 8시, 일요일 오전 11시에는 한글 강의

월요일 오전 9시, 목요일 오후 1시에는 영어 강의

토요일 하루 종일 강의 준비

이 시간들은 내 스케줄에 미리 표시가 되어 있고,
해외출장을 갈 때도 이 시간들에 맞춰 온라인으로 강의를
할 수 있도록 스케줄을 짠다. 만일 불가피한 일이 있을
때는 반드시 일주일 중 다른 시간에 그걸 보충한다. (물론

요즈음은 정부의 집회금지 권고로 인해 모든 성경공부나 예배는 온라인으로만
진행한다.) 많은 크리스천들이 이런 말을 한다. "나 요즘
너무 바빠서 교회에 갈 수가 없어. 지금 하는 일만 잘되면,
그때 진짜 열심히 나가려고." 그러나 성공한 사람이
되어서 하나님 일을 하는 것이 아니라, 하나님 일을 하다
보면 하나님이 '적당히' 성공시켜주시는 것이다. 여기서
'적당히'라고 말한 이유는 인간은 너무 잘되면 타락하기
때문이다. 우리 모두가 꿈꾸는 여유는 오히려 우리에게
독이 될 수도 있다.

네 소와 양이 번성하며, 네 은금이 증식되며,

네 소유가 다 풍부하게 될 때에,

네 마음이 교만하여 네 하나님 여호와를

잊어버릴까 염려하노라 (……)

—신명기 8장 13~14절

그럼 어떤 상태가 가장 좋은 상태인가?

슬픔이 웃음보다 나음은 얼굴에 근심하는 것이

마음에 유익하기 때문이니라

—전도서 7장 3절

(……) 나를 가난하게도 마옵시고, 부하게도

마옵시고, 오직 필요한 양식으로 나를 먹이시옵소서.

혹 내가 배불러서 "하나님을 모른다", "여호와가 누구냐"

할까 하오며, 혹 내가 가난하여 도적질하고

내 하나님의 이름을 욕되게 할까 두려워함이니이다

—잠언 30장 8~9절

크리스천에게 축복받은 삶이란 적당한 근심과 걱정을
안고 살아가는 삶이다. 이게 어느 정도의 수준을 의미하는
지는 사람마다 다를 것이기에, 나 역시 어느 정도의
여유가 나에게 좋을지 모른다. 내가 아는 건, 세상적인

성공과 여유는 하나님이 알아서 적당히 주실 것이고, 그 주신 것을 내가 하나님의 일을 하는 데 쓰면 조금씩 더 주실 것이라는 것이다. 아래 구절에서 '불의의 재물'은 이 세상에서의 부와 명예와 권력 등을 의미하고, '친구를 사귀라'는 말은 전도를 의미한다.

내가 너희에게 말하노니
불의의 재물로 친구를 사귀라 (……)
—누가복음 16장 9절

(……) 나와 복음을 위하여 집이나 형제나 자매나
어머니나 아버지나 자식이나 전토를 버린 자는,
현세에 있어 집과 형제와 자매와 어머니와
자식과 전토를 백 배나 받되 박해를 겸하여 받고,
내세에 영생을 받지 못할 자가 없느니라
—마가복음 10장 29~30절

그래서 난 내 시간뿐 아니라, 내 개인 수익의 1/10도 하나님의 일을 하는 데 쓰기 위해 먼저 빼놓고, 남는 것을 가지고 산다. 그리고 하나님에게 항상 기도드린다.

"하나님 제가 복음을 전하는 데 우습지 않을 정도의 사람으로만 만들어주십시오. 제가 교만해지거나 하나님을 등한시할 정도의 성공은 절대로 주지 마십시오."

(2) 존경받는 삶

범사에 네 자신이 선한 일의 본을 보이며, 교훈에
부패하지 아니함과 단정함과 책망할 것이 없는
바른 말을 하게 하라. 이는 대적하는 자로 하여금
부끄러워 우리를 악하다 할 것이 없게 하려 함이라
—디도서 2장 7, 8절

'본을 보이라', '본이 되라', 이것이 성경이 크리스천들에게 요구하는 삶의 모습이다. 이 본이 되는 것은 성공한 사람이 되는 것과는 다르다. 존경받는 사람이 되어야 하는 것이다. 성공한 사람들 중에도 존경받지 못하는 사람들이 많다. 성공한 사람이 되려면 결과만 좋으면 되지만, 존경받는 사람이 되려면 결과뿐만 아니라 과정까지 좋아야 한다.

내가 〈집사부일체〉라는 프로그램에 출연했을

때 녹화가 끝나자 방송국 측에서 나에게 조심스럽게
물어왔다. 녹화 끝부분에 내가 성경에 관한 얘기를 했는데,
주말 예능프로그램에 나가기에는 종교적인 색채가 너무
짙다는 얘기였다. 나는 방송국의 입장을 이해하기에
편집에 동의했다. 그래서 화면에 나왔던 자막들은 사실
내가 칠판에 쓴 말과 달랐다.

　　방송 자막으로는 나의 '꿈'이 존경받는 사람이 되는
것처럼 꾸며져서 나갔지만, 내가 칠판에 쓴 걸 자세히
보면 존경받는 사람이 되는 것은 분명히 '꿈'이 아닌
'수단'이라고 적혀 있다.

　　I want to be **Respected** → 수단
　　I want to live for the **Truth** → 꿈

난 꿈을 적는 자리에 Truth라고 썼다. 우리가 왜 태어났으며, 죽으면 어떻게 되며, 그렇기에 무엇을 위해 살아가야 하는 건지, 이 진리를 전하는 것이 내 삶의 목적이기 때문이다. 그렇기에 나는 사람들이 내 말에 귀를 기울일 수 있도록 존경받는 사람이 되어야 한다. 그러기 위해 난 나 스스로 지켜야 할 덕목 세 가지를 정해봤는데, 전에 내가 방송에서도 몇 번 말했던 진실, 성실, 겸손이다.

진실
사람들 앞에서 조심하려고 하지 말고 조심할 게 없는 사람이 되자.

사람들이 보는 내 모습이 거짓이 아니어야 한다고 생각한다. 그래서 사람들 앞에서 하지 못할 말이나 행동은 사람들이 없는 데서도 하지 않으려고 노력한다. 단어 하나라도 방송에서 쓸 수 없는 말은 사석에서도 쓰지 않으려고 하고, 아무리 화가 나도 욕설은 하지 않는다. 내 핸드폰이 해킹되어 세상에 공개돼도 문제가 될 게 없는 삶을 살려고 한다. 누구와 만나고, 무슨 얘기를 나누고, 무슨 행동을 했는지, 세상에 다 알려져도 문제될 게 없는 삶. 그게 하루하루 내가 살아가는 기준이다.

성실

멋진 말을 하는 건 쉽다. 멋진 삶을 사는 게 어렵지.

내가 항상 스스로 되새기는 말이다. 멋있는 말은
약간의 센스만 있으면 할 수 있다. 그러나 사람들은 절대
'메시지'만 보지 않고 '메신저'를 함께 본다. 어머님이
나에게 해주신 말씀 중에 잊지 않고 마음에 새기고 사는
것이 있다.

"진영아, 넌 네가 직접 살면서 느낀 걸 얘기할 때 힘이
있다."

멋진 말을 하는 데 필요한 시간은 몇 초에 불과하지만,
멋진 삶은 몇십 년의 시간이 필요하다. 사실 우린 멋진
삶을 살기 위해서 무엇을 해야 하는지 다 알고 있다.
문제는 그것을 매일 꾸준히 실천할 수 있느냐이다. 이걸
안 하면서 남에게 분노하고, 사회에 분노하는 것은 비겁한
일이다. 먼저 자기 자신에게 분노할 줄 알아야 한다.

눕고 싶을 때 일어나고
쉬고 싶을 때 운동하고

먹고 싶을 때 굶고

지겨울 때 계속하고

성경에도 자기 몸뚱어리와 싸워야 한다는 말이 많이
나온다. 대표적인 건,

내가 내 몸을 쳐 복종하게 함은

내가 남에게 전파한 후에

자신이 도리어 버림을 당할까 두려워함이로다

—고린도전서 9장 27절

물론, 하나님도 모르고 성경도 모르면서 성실한 사람들도
많다. 나 역시 그랬으니까. 하지만 그런 성실은 언젠가
'허무'라는 벽에 부딪히고 만다. 그래서 성경을 통해
인생의 진리를 깨닫고 흔들리지 않을 목표를 수립한
후에야, 진정으로 성실할 수 있는 힘을 얻게 되는 것이다.
내가 가장 많이 듣는 말 중의 하나가 충분히 성공한
사람이 왜 이렇게까지 힘들게 사느냐는 것이다. 직접
대답은 안 하지만 나는 속으로 말한다.

죽으면 실컷 쉴 수 있으니까

주님을 만나면 칭찬받고 싶으니까

구원받는 사람들의 표정을 또 보고 싶으니까

(……) 주께서 오시기까지 (……) 각 사람에게

하나님으로부터 칭찬이 있으리라

—고린도전서 4장 5절

겸손

겸손은 말이나 행동의 겸손을 말하는 것이 아니다. 자기 자신이 얼마나 위선적이고, 비겁하고 못된 사람인지 진심으로 깨달아야 한다는 것이다. 우리가 손가락질하고 비난하는 범죄자들 속에 있는 욕구가 우리 안에도 있다는 것을 깨달아야 한다. 성경은 그 욕구들만으로도 우리는 그들과 같은 죄를 지은 것이라고 말한다.

(……) 음욕을 품고 여자를 보는 자마다

마음에 이미 간음하였느니라

—마태복음 5장 28절

> 그러므로 남을 판단하는 사람아,
>
> 누구를 막론하고 네가 핑계하지 못할 것은
>
> 남을 판단하는 것으로 네가 너를 정죄함이니,
>
> 판단하는 네가 같은 일을 행함이니라
>
> ―로마서 2장 1절

솔직히 가슴에 손을 얹고 자신을 돌아보자. '당신은 남들이 알면 안 되는 은밀한 죄를 지은 것이 없는가?' 없다면 인간이 아니라 하나님일 것이다. 이것을 깨닫고 인정하는 것이 겸손의 시작이다.

그다음은 자신의 능력에 대해 깨닫는 것이 중요한데, 성공한 사람일수록 자신의 능력과 노력이 성공의 이유라고 생각한다. 하지만 한 번만 생각해보자. 우리 삶에서 우리가 컨트롤할 수 있는 것과 컨트롤할 수 없는 것 중에 무엇이 더 많은가?

Controllable vs. Uncontrollable

당연히 Uncontrollable 한 것들이 압도적으로 많다.

> (……) 하늘에서 주신 바 아니면

사람이 아무것도 받을 수 없느니라

—요한복음 3장 27절

그러나 네가 마음에 이르기를,

"내 능력과 내 손의 힘으로

내가 이 재물을 얻었다" 말할 것이라

—신명기 8장 17절

한때 아무것도 두렵지 않던, 자신감 넘치던 나는 이제 모든 게 두려운 겁쟁이가 되었다. 세상일이 잘못될까봐 두렵기보다는 하나님께서 나를 어떻게 보실지가 두렵다. 나에게 실망하셔서 나를 전도할 수 없는 우스운 사람으로 만드실까봐 두렵다. 그러나 이 두려움이 나에게 가장 필요한 겸손함을 만들어준다는 것을 알기에, 지금 겁쟁이가 된 내 모습이 참 다행이라고 여겨진다.

어떤 사람이 보면 숨막힐 것 같다고 하겠지만 사실 나는 설렌다. 나는 세상에서 성공하는 설렘도 느껴봤고, 사랑하는 여자와 결혼하는 설렘도 느껴봤고, 자유롭게 즐기며 사는 쾌락의 설렘도 느껴봤지만, 이런 설렘들은 모두 그때뿐이었다. 지금 내가 느끼는 설렘은 그런 것들과는 차원이 다르다. 이것은 사람들의 영혼을 구하는 설렘이며, 이 세상뿐만 아니라 다음 세상까지 연결되는 설렘이다. 원래 갖고 있던 인생의 목표가 무너져 방황하던 나에게 죽는 날까지 변치 않을 확실한 목표가 생겨서 정말 행복하다.

허무함, 쓸쓸함, 불안함, 두려움, 우울함, 그 모든 것은 '몰라서' 생기는 것이다. 왜 태어났는지, 왜 사는지, 죽으면 어디로 가는지 모르기 때문에. 이 근본적인 문제들에 대한 답을 찾는 것을 미룬 채, 하루하루 눈앞에 보이는 것을 위해 살면 안 된다. 진리를 알려고 노력해야 한다. 그럼 하나님은 반드시 알 수 있는 길을 열어주신다. 적당히 위로받지 말고, 적당히 타협하지 말고, 끝까지 찾아야 한다.

(……) 하나님께 나아가는 자는
반드시 그가 계신 것과 또한
그가 자기를 찾는 자들에게
상 주시는 이심을 믿어야 할지니라
—히브리서 11장 6절

죽기를 무서워하므로

한평생 매여 종노릇하는

모든 자들을 놓아주려 하심이니

—히브리서 2장 15절

진리를 찾아 진정으로 자유롭게 되는 분이 한 분이라도 더 생기길 바란다. 그것이 나와 내가 속한 교회의 사람들이 살아가는 이유이다.

초대의 글

저희 교회에 나와서 함께 공부하시고 싶은 분들은
아래로 연락을 주시기 바랍니다.
한국교회 : info@firstfruitskr.org
LA Church : info@firstfruitsUSA.org
저희 교회 장소가 100명 정도 들어가는 공간이라
모든 분들을 모실 수는 없겠지만,
공간이 늘어나는 대로 계속 모시겠습니다.

John Piper 목사님께

안녕하세요, 목사님. 전 한국에서 가수이자
엔터테인먼트 회사를 하고 있는 박진영이라고 합니다.
YouTube에 올라와 있는 목사님의 강의들을 보다가
목사님께서 악의 근원에 대한 질문을 받으시고 '잘
모르겠다'고 말씀하시는 것을 보고 이 글을 쓰게
되었습니다. (Where Did Satan's First Desire for Evil Come from?) 목사님
같은 위치에 계신 분이 무언가를 모른다고 솔직하게
대답하시는 게 절대 쉬운 일이 아니라고 생각하기에
목사님의 솔직함에 깊은 감동을 받았습니다. 이 문제에
대해서 저도 전에 오래 고민을 해보다가 떠오른 해답이
있어서 한번 말씀드려보고자 합니다. 저 같은 사람이
세계적인 목사님께 감히 뭔가를 알려드린다는 것이
민망하고 두렵지만 용기를 내봅니다.

목사님께 주어졌던 질문 '사탄에게 누가 악한 생각을
심어 넣어주었습니까?"에 대한 제 답은 '어둠'입니다.
그동안 사람들이 성경에 있는 '어둠'이라는 단어를
상징적인 표현으로 보고 실존하는 힘으로 보지 못했기
때문에 이 사실을 알지 못했던 것 같습니다.

하나님은 인간과 사랑을 하고 싶어 인간을

만드셨지만, 공정한 선택을 통해 이루어지는 진정한
사랑을 하고 싶으셨기에, 우리에게 자유의지를 주셨습니다.
그런데 우리가 이 자유의지를 사용하려면 최소한 보기가
두 개 있어야 하므로 하나님께서는 두 개의 보기를
만들어주셨습니다. 그것은 바로 '빛'과 '어둠'입니다.

> 나는 빛도 짓고 어둠도 창조하며, 나는 평안도 짓고
> 환난(evil)도 창조하나니, 나는 여호와라.
> 이 모든 일들을 행하는 자니라 (……)
> ―이사야 45장 7절

'빛'은 하나님의 뜻을 따라가게 만들어주는 힘이고,
'어둠'은 하나님의 뜻을 거역하게 만드는 힘이었습니다.
인간은 하나님이 주신 자유의지를 이용해 '빛'을 선택하면
하나님에 대한 자기의 사랑을 표현할 수 있는 것입니다.
반면에 아래 구절들을 보면 '어둠'은 사탄과 연결되어
있는 힘처럼 표현되어 있습니다.

> (……) 이제는 너희 때요 어둠의 권세
> (power of darkness)로다 하시더라
> ―누가복음 22장 53절

이스라엘과 이방인들에게서 내가 너를 구원하여
그들에게 보내어 그 눈을 뜨게 하여 어둠에서 빛으로,
사탄의 권세에서 하나님께로 돌아오게 하고 (……)
—사도행전 26장 17~18절

교회가 완성되면 예수님과 거듭난 성도들이 결혼을
하여 새 하늘, 새 땅이라는 곳에서 함께 살게 되는데,
이때는 결혼을 한 이후이므로 더 이상 선택이라는 것이
필요 없어 두 보기 중 어둠은 사라집니다.

다시 밤(어둠)이 없겠고 등불과 햇빛이 쓸 데 없으니,
이는 주 하나님이 그들에게 비치심이라
그들이 세세토록 왕 노릇 하리로다
—요한계시록 22장 5절

반면 이 새 하늘, 새 땅이 오기 전에 있을
'천년왕국'이라는 곳에서는 예수님이 이 세상에 오셔서
사탄을 깊은 감옥에 가두고, 직접 온 세상을 통치하시는
데도 사람들이 죄를 짓습니다.

(……) 천사가 무저갱의 열쇠와 큰 쇠사슬을

그의 손에 가지고 하늘로부터 내려와서

용을 잡으니 곧 옛 뱀이요, 마귀요, 사탄이라.

잡아서 천 년 동안 결박하여 무저갱에 던져 넣어

잠그고, 그 위에 인봉하여 천 년이 차도록

다시는 만국을 미혹하지 못하게 하였는데 (……)

—요한계시록 20장 1~3절

땅에 있는 족속들 중에 그 왕 만군의 여호와께

경배하러 예루살렘에 올라오지 아니하는 자들에게는

비를 내리지 아니하실 것인즉 (……) 초막절을 지키러

올라오지 아니하는 자가 받을 벌이 그러하니라

—스가랴 14장 17, 19절

사탄이 감옥에 갇혀 있어서 인간들을 유혹할 수
없음에도 불구하고 인간들이 계속 죄를 짓는 이유는 아직
어둠이 있기 때문입니다.

(……) 군주는 문 통로에서 예배한 후에 밖으로

나가고 그 문은 저녁(어둠)까지 닫지 말 것이며

—에스겔 46장 2절

밤이 지나 아침마다 일 년 되고 흠 없는 어린 양
한 마리를 번제를 갖추어 나 여호와께 드리고
—에스겔 46장 13절

인간들이 죄를 짓지 않는 새 하늘, 새 땅과 인간들이
죄를 짓는 천년왕국의 차이는 바로 어둠이 '있고 없고'인
것입니다.

위와 같은 구절들을 바탕으로 제가 생각해본 답인데,
이게 혹시 목사님께서 찾으시던 답이 될 수 있다면 정말 기쁠
것 같습니다. 하나님의 축복이 언제나 함께하길 빕니다.

To pastor John Piper

Hello pastor Piper. I'm a singer/ entertainment
businessman in Korea named J.Y. Park. I was watching your
sermons on YouTube and I ran into a video of you being asked
"Where did Satan's first desire for evil come from?", and you
honestly answered that you don't know. I was deeply touched
by your humble honesty because it's not easy for a pastor of
your status to admit that you don't know something. I also
was struggling with this question for a long time and I was
able to reach an answer that I want to share with you. As a

person who never went to a seminary, it's not easy to suggest an answer to a pastor like you, but I'll give it a try.

My answer is 'Darkness'. I believe people couldn't figure this out because they saw 'Darkness' as a symbolic expression rather than an existing force.

God created man to be in love with him. He wanted true love so he gave us free will. And he also gave us two options to choose from so we can use our free will. It was 'Light' and 'Darkness'.

> I form the light and create darkness; I make peace,
>
> and create evil: I the LORD do all these things
>
> —Isaiah 45:7

'Light' was the power that makes us follow God's will and 'Darkness' was the power that makes us go against God's will. We were able to express our love towards God by choosing 'Light'.

'Darkness' seems to be the force of evil that seduced Lucifer to become Satan. Because as you see in the following sentences, darkness is described like the power behind evil and Satan.

(······) This is your hour, and the power of darkness

—Luke 22:53

(······) I send you to open their eyes,

and to turn them from darkness to light,

and from the power of Satan unto God

—Acts 26:17~18

That's why when Jesus and the church gets married and live in the new heaven & new earth, there's no more darkness because there's no need for any more choices to be made.

(······) There shall be no night(darkness) there

(······) for the Lord God gives them light:

and they shall reign for ever and ever

—Revelation 22:5

On the other hand, the millennial kingdom which takes

place before the new heaven & new earth, people still sin even though Jesus himself personally rules the world and Satan is locked up and unable to seduce human beings.

And I saw an angel (······) laid hold on the dragon,

that old serpent, which is the Devil, and Satan,

and bound him a thousand years,

and cast him into the bottomless pit,

and shut him up, and set a seal upon him,

that he should deceive the nations no more (······)

—Revelation 20:1~3

(······) whichever of the families of the earth

do not come up to Jerusalem to worship the King,

the Lord of hosts, on them there will be no rain

(······) this shall be (······) the punishment of all nations that

do not come up to keep the feast of the tabernacles

—Zechariah 14:17,19

The reason human beings keep sinning even though

Satan is locked up and cannot seduce them, is because there still is 'Darkness' in the millennial kingdom.

(……) the prince (……) shall worship at the threshold of the gate: then he shall go forth; but the gate shall not be shut until the evening (Darkness)

—Ezekiel 46:2

You shall daily make a burnt offering to the Lord of a lamb of the first year without blemish; you shall prepare it every morning(After darkness)

—Ezekiel 46:13

The difference between new heaven & earth where people don't sin, and the millennial kingdom where people sin is the existence of darkness.

It will be great if this can be the answer you've been looking for. May God always be with you.

무엇을 위해 살죠?

1판 1쇄 발행 2020년 8월 15일
1판 9쇄 발행 2023년 12월 22일

지은이 · 박진영
펴낸이 · 주연선

총괄이사 · 이진희
책임편집 · 백다흠
본문 디자인 · 이지선
마케팅 · 장병수 김진겸 이한솔 이선행 강원모
관리 · 김두만 유효정 박초희

(주)은행나무
04035 서울특별시 마포구 양화로11길 54
전화 · 02)3143-0651~3 ㅣ 팩스 · 02)3143-0654
신고번호 · 제 1997-000168호(1997. 12. 12)
www.ehbook.co.kr
ehbook@ehbook.co.kr

ISBN 979-11-90492-97-3 (03810)